ROSA M

Pasiones

punto de lectura

Título: Pasiones. Amores y desamores que han cambiado la Historia
© 1999, Rosa Montero
Traducción: Iris Menéndez
© Santillana Ediciones Generales S.L.
© De esta edición: septiembre 2000, Suma de Letras, S.L.
Juan Bravo, 38. 28006 Madrid (España) www.puntodelectura.com

ISBN: 84-663-0064-3
Depósito legal: B-51.145-2004
Impreso en España – Printed in Spain

Diseño de cubierta: Sdl_b
Fotografía de cubierta: © *Los duques de Windsor el día de su boda en 1936*,
    de Cecil Beaton. SIPA/EFE
Otras fotografías: Archivo editorial y Biblioteca Nacional
Diseño de colección: Suma de Letras

Impreso por Litografía Rosés, S.A.

Segunda edición: noviembre 2000
Tercera edición: marzo 2001
Cuarta edición: junio 2003
Quinta edición: diciembre 2004

015 / 02

ROSA MONTERO

Pasiones

Amores y desamores
que han cambiado la Historia

Índice

Para Pablo

Unas palabras previas

Debo decir que el padre de la idea de este libro es Alex Martínez Roig, redactor jefe del suplemento dominical de *El País*. Fue él quien me sugirió que hiciera una serie sobre grandes pasiones de la historia y que la publicara en el Semanal. Para mí es un verdadero placer trabajar con Alex, un amigo siempre sensible, siempre inteligente y siempre afectuoso. Vayan para él toda mi gratitud y mi cariño.

Fuera de la idea original, todo lo demás es cosa mía: la selección de personajes, la estructura, el enfoque, la mirada apasionada y subjetiva. Resulta evidente que estas biografías no son trabajos fríos y académicos. Por supuesto que me documento lo mejor que puedo, procurando contrastar los datos; y además me atengo siempre, en las conclusiones, a los hechos biográficos. Ahora bien, dentro de los límites que esos hechos imponen, realizo una interpretación, o más bien una recreación. Intento vivirme en el interior de los biografiados y entenderlos, de la misma manera que el novelista se vive dentro de sus criaturas de ficción al escribir un libro. El resultado es, pues, abiertamente emocional. Y aunque me ciño a los datos con el mayor empeño, y aunque con el corazón estoy convencida de que la versión que doy es la más profunda y más certera, con la razón tan sólo espero haber atinado a describir alguna de las múltiples facetas de los personajes. Porque, como todos sabemos, dentro de cada uno de nosotros hay muchedumbres.

R. M.

Introducción
Amar el amor

La cuestión del amor es una vulgaridad, un lugar común, uno de los tópicos más manidos de la Tierra. Desde el principio de los tiempos filósofos y artistas han tratado el asunto con obsesiva insistencia, y probablemente no haya habido nunca un solo ser humano que, llegado a la edad de la razón, no le haya dedicado al tema una buena cantidad de pensamientos. Todos creemos saber del amor, todos creemos entender algo del amor. Y, sin embargo, continúa siendo una materia oscura, el reino de la confusión y lo enigmático.

Las dificultades comienzan desde el principio, a la hora de definir el alcance mismo de la palabra. En general cuando nos referimos al amor sin más, como estoy haciendo ahora en este texto, no solemos estar hablando de esa emoción imprecisa y amplia que engloba a los hijos y a los amigos, sino al llamado amor *sentimental* entre dos personas. Dicho amor singular se solapa con la idea de la pasión, y es de pasiones de lo que trata este libro, que recoge textos publicados en el suplemento Dominical de *El País* durante los años 1997 y 1998. Son pasiones concretas, historias luminosas o terribles de personajes más o menos célebres, parejas de la antigüedad o coetáneas que rozaron el Cielo y el Infierno.

Pero decir que vamos a hablar de la pasión no aclara gran cosa: en realidad, no hemos hecho nada más que nombrar el caos. ¿Qué es lo que define a la pasión, cuál es la característica sustancial que nos hace reconocerla? ¿Tal vez un ingrediente sexual desenfrenado? Pues no, porque existen las pasiones platónicas, los amores galantes de los trovadores, la Beatriz de Dante. Más bien se diría que la esencia de lo pasional es la enajenación que produce: el enamorado sale de sí mismo y se pierde en el otro, o por mejor decir en lo que imagina del otro. Porque la pasión, y éste es el segundo rasgo fundamental, es una especie de ensueño que se deteriora en contacto con la realidad. Tal vez sea por eso por lo que, tercera condición, la pasión parece exigir siempre su frustración, la imposibilidad de cumplimiento. Como decía el ensayista suizo Denis de Rougemont en *El amor en Occidente*, "el amor feliz no tiene historia. Sólo el amor amenazado es novelesco". Por supuesto: las perdices siempre se comen fuera del libro, una vez terminado el cuento. Y añade Rougemont que los poetas cantan al amor como si se tratara de la verdadera vida, "pero esa vida verdadera es la vida imposible".

Platón decía que Eros, el dios del amor, poseía una doble naturaleza, según fuera hijo de Afrodita Pandemos, la diosa del deseo carnal, o de Afrodita Urania, de los amores etéreos. Esta Afrodita era una divinidad de armas tomar; poseía unos poderes tan inmensos que, encorajinada con Zeus por una fruslería, fue capaz de vengarse de él: le obligó a perseguir ninfas y mujeres mortales, descuidando así a su esposa Hera. De modo que ya los antiguos estaban convencidos de que la fuerza enajenante del amor era capaz de poner en ridículo hasta al mismísimo rey de todos los dioses.

El amor es representado en todas las culturas con los mismos símbolos: arcos, flechas, ojos vendados, antorchas con las que inflama el corazón de los mortales. Suele estar desnudo y ser un niño: porque es una emoción que

14

no puede ocultarse y porque permanece igual a sí misma. La pasión nunca aprende: siempre es idéntica, eternamente joven, intacta, irreflexiva. "Pero cómo es posible que vuelva a estar haciendo otra vez a estas alturas las mismas tonterías", suele gemir nuestra razón, espantada, cuando esperamos durante horas una llamada de teléfono que no llega jamás. "Es que yo no aprendo", se queja el amante dolorido. Y está en lo cierto, porque el amor permanece impermeable a la experiencia.

Según la cosmogonía órfica, al principio de todo sólo existía la Noche. Esta Noche infinita puso un huevo, y de él salió el Amor; y de las dos mitades rotas de la cáscara se crearon el Cielo y la Tierra. Así es que el Amor es el centro del Universo, el núcleo de la unidad antes de que el huevo se rompiera. Es el principio de la regeneración y de la vida, una fuerza cósmica que lo aglutina todo. Pero, claro, es un poder tan imponente que produce devastación entre los míseros mortales. Como la guerra de Troya, por ejemplo. Este conflicto también lo empezó Afrodita: ya dije antes que era una diosa de cuidado. Afrodita hizo que Paris, hijo del rey troyano Príamo, y la bella Helena, esposa del rey espartano Menelao, se enamoraran como borregos el uno de la otra. Raptada Helena, la guerra de Troya se prolongó durante diez años, hasta que el triunfador Menelao entró en la ciudad y encontró a su mujer con los pechos desnudos, tan hermosa que la perdonó inmediatamente y volvió a vivir con ella tan contento. Atrás quedó Troya destruida, un campo regado de cadáveres ilustres (Héctor, Aquiles, Patroclo, el mismo Paris…) y una memoria épica que luego se estructuró en los cantos de la *Ilíada*. Y toda esta enormidad a consecuencia de un simple estremecimiento del corazón.

La percepción del amor como gestor de catástrofes era algo común en el mundo clásico. Otra pareja mítica en la historia de las pasiones fue la de Cleopatra y Marco Antonio. Este romano era un hombre "espléndido cuando mozo", al decir de Plutarco en su fascinante *Vidas paralelas*. Era un buen guerrero pero un viva la Virgen al que le encantaban los placeres de la carne y de la mesa: regaló una casa en Magnesia a un cocinero como premio por una cena suculenta. Sobre este temperamento blando y vano, explica Plutarco, cayó Cleopatra como un rayo mortal, es decir, cayó una pasión que sorbió definitivamente a Marco Antonio el poco seso con que había nacido: "Cleopatra le traía como a un niño, sin aflojar ni de día ni de noche". Desairó Antonio a su virtuosa e inteligente esposa y se enfrentó a Octavio en una batalla naval; fue derrotado ignominiosamente, y Cleopatra y él acabaron como todos sabemos, o sea, fatal. He aquí de nuevo la idea de una guerra supuestamente provocada por el envenenamiento de un amor. A esta historia le dedicaremos un capítulo del libro.

Con todo, el amor clásico era trágico porque terminaba muy mal, pero al menos pasaba por una etapa de sobrado cumplimiento. Helena y Paris vivieron su pasión durante una década, y lo mismo sucedió con Antonio y Cleopatra. Sin embargo en los siglos XII y XIII apareció un nuevo modelo de pasión, el amor cortés, que extremaba la imposibilidad de la relación. Lo que se empezó a amar a partir de la época galante fue la dificultad y el sufrimiento. Es decir, sólo era auténtico amor aquel que se frustraba. De esta paradoja somos hoy herederos.

El amor cortés es impuesto en el mundo por la fascinante reina Leonor de Aquitania, nieta del primer trovador conocido y esposa de Luis VII. Leonor tuvo dos hijas que se casaron con los condes de Troyes y de Blois, y que también contribuyeron al triunfo del espíritu cortés. Estas mujeres formidables crearon brillantes y refinadas cortes en las que se cantaba al amor y a las bellas damas. El mundo ensangrentado y feroz de las batallas medievales dejó paso a un mundo de combates amorosos: el buen caballero ya no servía prioritariamente a Dios y al Rey, sino a la Mujer. Y escribo *Mujer* con mayúscula porque, para que las damiselas se mantuvieran dignas de tan total entrega, tenían que permanecer dentro del territorio de lo ideal. Así es que los amores corteses todos eran por definición amores imposibles. De hecho eran en su mayoría amores adúlteros: resulta curioso constatar lo muy unida que va la idea de la pasión a la del adulterio a través de todas las culturas y todas las épocas.

En el siglo XII, en cualquier caso, el adulterio se convirtió abiertamente en un motivo poético. El capellán Andreas dedicó a María de Champaña, una de las brillantes hijas de Leonor, su trabajo teórico *Tractatus de Amore*, en el que se critica el amor conyugal como falto de libertad, y se elogia la pasión adúltera, valiente y esforzada. En realidad, y si se mira bien, el avance del amor cortés supuso el avance de la civilidad. Poco a poco los antiguos guerreros dejaron de descuartizar a sus enemigos y empezaron a encontrar la medida de su hombría en "el juego de la guerra", es decir, en los torneos, los cuales acabaron por suplantar a las auténticas batallas. Dichos torneos eran lances celebrados dentro de las normas del amor galante, con damas que daban prendas a sus caballeros y que luego se vestían con las camisas ensangrentadas de los vencedores, en un intercambio de ropa íntima y humores corporales de lo más promiscuo. De hecho los torneos fueron prohibidos enseguida por la Iglesia porque se convirtieron en una celebración del rijo y la infidelidad conyugal; pero la prohibición, naturalmente, no hizo sino aumentar el atractivo de estos actos.

A este mundo medieval de las justas galantes pertenecen dos leyendas del siglo XII que ejemplifican el amor imposible y que han permanecido vivas hasta nuestros días: la historia de Tristán e Isolda y la de Lanzarote y la reina Ginebra.

Tristán viaja a Irlanda para traer consigo a Isolda, la prometida del rey Marcos. Pero, en el barco que les conduce de vuelta, ambos beben por equivocación un filtro amoroso y caen el uno en brazos de la otra inevitablemente. Cometen adulterio y sufren los dos como bellacos por la imposibilidad misma de su amor. Al cabo escapan juntos y viven como miserables en un bosque. El rey Marcos les persigue y les encuentra dormidos; están desnudos, pero Tristán ha colocado su espada entre los dos, como para impedir mayores proximidades de la carne. El rey, conmovido ante esa prueba de heroica fidelidad, se marcha sin hacerles daño, no sin antes cambiar la espada de Tristán por la suya propia, en una escena freudianamente elemental que seguro que provoca paroxismos de deleite entre los psicoanalistas. Al final, claro está, tanto Tristán como Isolda mueren. Pero a pesar de esta especie de *castigo* del destino, lo curioso es que ninguno de los dos se había sentido culpable por el adulterio: fueron embrujados, estaban fuera de sí, todo fue irremediable. Es la idea del amor como droga, como un territorio que está más allá del Bien y del Mal. En el mundo de los amantes no existen otras leyes que las de la pasión.

Tampoco hay culpabilidad ni remordimiento en la célebre historia de Lanzarote y su amada Ginebra, la esposa del rey Arturo. En su hermoso libro *Lanzarote del Lago* (escrito en la corte de la ya citada María de Champaña), Chrétien de Troyes cuenta cómo Lanzarote abandona la búsqueda del Grial por salir detrás de Ginebra. De hecho no conocemos el nombre del protagonista hasta la mitad de la novela, momento en que aparece la reina Ginebra. Una dama pregunta: "¿Quién es ese caballero?", y la reina contesta: "Es Lanzarote del Lago". De modo que es ella, la amada, quien concede nombre y vida al amado. Sin la luz del amor, el amado ni tan siquiera existiría, sería una mera sombra indeterminada.

Chrétien de Troyes define el estado mental de Lanzarote con bellas y exactas palabras, perfectamente asumibles por el enamorado de hoy: "Su cuita es tan profunda que se olvida de sí mismo, no sabe si existe, no recuerda ni su nombre ni si va armado o desarmado ni sabe adónde va ni de dónde viene". Y es que, como decía Catón, "el alma del amante vive en un cuerpo ajeno".

Tengo para mí que éste es exactamente el quid de la cuestión: si nos entregamos a la pasión, si el amor loco nos arrebata, es porque gracias a él podemos evadirnos de nuestra asfixiante individualidad, de ese encierro del yo que nos condena a nuestra propia y solitaria muerte. En su arrebato por Ginebra, Lanzarote se olvida de buscar el Grial, que es la Vida Eterna: en realidad no necesita el Santo Vaso porque su amor ya le hace inmortal. La pasión es un impulso místico, un sentimiento religioso (de *religare*, unir) que nos apremia a fundirnos con el otro, porque al deshacernos en el amado nos hacemos indestructibles. Se ama contra la muerte, como una manera de escapar de ese despeñarse hacia la nada que es la vida. De ahí que el amor pasión sea tanto más valorado cuanto más individualista sea la sociedad; por ejemplo, en aquellas culturas tradicionales orientales en las que el sujeto formaba parte de un cuerpo colectivo, apenas si existía la pasión tal y como hoy la concebimos.

El Romanticismo (otra época ferozmente individualista) acuñó uno de los mitos de amor y muerte más conocidos: el vampiro. Lo *inventó* Polidori, médico de

Byron, aunque la consagración vendría varias décadas después con el *Drácula* de Bram Stoker, y es un perfecto ejemplo de cómo la pasión te rescata del yo. Las amantes se entregan por completo al amado conde Drácula, hasta el punto de ofrecerle sus propias vidas; y la fusión es tal que se convierten en lo mismo que él es, es decir, en vampiras, y alcanzan por medio de ese estado la vida eterna.

El ya citado Rougemont dice que en su origen el amor cortés estaba muy relacionado con la herejía albigense o cátara. Y como ejemplo explica que Shakespeare situó su paradigmática obra *Romeo y Julieta* en Verona, uno de los más importantes centros cátaros de Italia. Los cátaros eran dualistas, creían que el Bien y el Mal eran principios distintos, de modo que Dios, que era el Bien, no podía haber creado este mundo asqueroso. El mundo lo había creado, por el contrario, Satán, y los humanos éramos ángeles que, tentados por el demonio, habíamos tenido la peregrina y desdichada ocurrencia de bajar a la Tierra y encarnarnos en cuerpos mortales. De ahí esa percepción tan común de sentirnos presos dentro de la materia, atrapados en el interior de unos cuerpos extraños. La pasión, en fin, nos permitiría trascender ese encierro.

¿Hay alguna diferencia en la vivencia del amor dependiendo del hecho de ser hombre o mujer? Peliaguda pregunta. Parecería que nuestro concepto de lo sexual tiende a ser distinto; la sabiduría popular sostiene que las mujeres dan sexo para conseguir amor, mientras que los hombres dan amor para conseguir sexo; y algunos autores, como Finkielkraut en *El nuevo desorden amoroso*, extreman tanto las diferencias que aseguran que jamás podremos entendernos unas con otros. Sin embargo a mí estas distinciones me parecen más que nada culturales, ambientales, pasajeras. Supongo que la percepción de lo amoroso, el deseo de escapar de ti mismo y de fundirte con el otro, es básicamente igual para todos: sólo que durante siglos a las mujeres no se les ha permitido otra ambición en la vida que la amorosa, lo cual ha contribuido a obsesionarlas aún más con un sentimiento ya de por sí obsesivo. Emma Bovary, la Regenta y Anna Karenina no tienen otra cosa para llenar sus días que sus enfebrecidas ensoñaciones románticas.

Estas tres patéticas heroínas literarias tienen en común su naturaleza adúltera. Regresamos así al tema de la infidelidad y de las relaciones a tres, una fórmula extremadamente común en el amor. "Incluso si el enemigo es un cándido dragón, siempre resuena en el fondo el deseo sexual", dice Huizinga (*El otoño de la Edad Media*). Y René Girard (*Mentira romántica, verdad novelesca*) explica que el deseo siempre es triangular; que sólo deseamos lo que algún otro desea, hasta el punto de buscar que el amado sea infiel para poder renovar nuestra pasión por él. A todo esto hay que añadir el triángulo original freudiano, el viejo y denostado complejo edípico, la pasión por el padre o por la madre, siempre imposible, siempre renovada, siempre intacta, porque esos padres se convirtieron, en el momento de la creación del mundo que se da en toda niñez, en la representación inalterable (e inencontrable) de la Mujer y el Hombre.

De manera que amar, a lo que parece, significa enajenarse, drogarse, perderse, buscar lo inalcanzable, desdeñar lo factible. Y este comportamiento manifiestamente patológico debe de responder a una necesidad muy básica y profunda del ser humano, porque podemos reconocernos en los sentimientos de los troyanos de hace tres mil años o de los trovadores de hace ocho siglos. Todas las pasiones son iguales y todas son al mismo tiempo diferentes, porque varía el escenario, las necesidades de cada cual, la manera en que nos enfrentamos a la felicidad y la desdicha.

Y así, hay amores perversos, como el del pintor Oskar Kokoschka, que, fuera de sí porque Alma Mahler (la esposa del compositor) había dejado de ser su amante, mandó construir una muñeca de tamaño natural que se le pareciera y convivió con ella durante cerca de un año, contratando incluso a una camarera para que la vistiese. O como el celebérrimo caso de don Pedro de Portugal e Inés de Castro. Don Pedro, heredero del trono portugués, acudió a la corte castellana para recoger a su prometida, la infanta Constanza, pero se enamoró de Inés de Castro, una bastarda emparentada con el rey de Castilla. Don Pedro se llevó a Portugal a las dos mujeres y tuvo tres hijos con Inés. A la muerte de Constanza, que era la esposa legal, Pedro se casó con Inés en secreto. La boda indignó de tal modo al rey Alfonso IV de Portugal, padre del príncipe, que mandó asesinar a la pobre Inés. Entonces don Pedro se rebeló contra su padre, y tras diversas vicisitudes, y a la muerte de éste, ascendió al trono con el nombre de Pedro I. Para entonces ya hacía doce años que Inés había fallecido, pero lo primero que hizo el rey Pedro fue ejecutar a los ejecutores de su mujer, y lo segundo desenterrar el cadáver de su amada, vestirla con ropas majestuosas, sentarla en el trono junto a él y obligar a la Corte a desfilar ante las piltrafas rindiendo pleitesía. Una historia bárbara y cruel que ha inspirado multitud de obras literarias.

Hay también amores doblemente prohibidos, como las pasiones homosexuales, ilegales en muchos países y durante muchos siglos, que a menudo provocaron la prisión o incluso la muerte de los amantes: es el caso de Oscar Wilde, cuya historia veremos en estas páginas. O como el incesto, un tabú ancestral que es transgredido mucho más a menudo de lo que se piensa, pero que permanece tan enterrado en el secreto de lo doméstico que se conocen pocos casos famosos. Uno de los más célebres es el de la escritora Anaïs Nin, que fue amante de su padre, el compositor Joaquín Nin, una relación de la que ella dio cumplido y escabroso detalle en sus diarios. Aunque Anaïs es un personaje tan antipático (al menos para mí lo es) que se diría que vivió la historia sólo para poder escribir sobre ella.

Y hay, en fin, amores trágicos, como los del archiduque Rodolfo, príncipe heredero del Imperio Austro-húngaro e hijo de la conocida emperatriz Sissi. Rodolfo, que tenía un carácter melancólico, bebía como una esponja y se atiborraba de drogas de todo tipo, era un suicida nato. Propuso a varias de sus amantes que murieran con él, pero ninguna tragó el anzuelo; hasta que un día cayó en sus manos la romántica y sobre todo jovencísima baronesa María Vetsera, que tenía diecisiete años y suficiente ingenuidad como para pensar que ese acto estúpido y desesperado era la ofrenda de un amor glorioso. Así de triste y de miserable fue el doble suicidio de Mayerling, aunque la opinión pública ha tendido a presentarlo como un hecho sublime. Suele suceder que las parejas que han pasado a la historia como símbolos de la pasión perfecta se deshacen en la patología o la mezquindad en cuanto que las contemplas de cerca. Y es que todos tendemos a creer que el prójimo es capaz de vivir esa plenitud que a nosotros mismos siempre nos es esquiva: el amor absoluto, la dicha completa.

Pero la plenitud es un espejismo y los humanos somos seres precarios y pequeños. Incluso los llamados *grandes hombres* (entre los que hubo también muchas mujeres grandes) suelen tener unas vidas sentimentales desastrosas en cuanto que te enteras del detalle.

El mismo Freud vivió una situación doméstica un tanto ambigua, habitando bajo el mismo techo con su mujer y con la hermana de ésta; y de Einstein se están diciendo ahora barbaridades: la relación con su primera esposa, por ejemplo, acabó siendo terriblemente cruel. El pobre Kafka dejó un hermoso y estremecedor estudio de la pasión frustrada en la copiosa correspondencia que mantuvo con sus dos amadas, primero Felice y luego Milena. En su juventud, con la dentona, sólida y sensata Felice, el escritor se permite encendidas efusiones: "¡Cómo te quiero, Dios mío!". Pero después de que se acostaran por primera vez en Marienbad (y de que todo saliera mal, porque Kafka estaba paralizado por el miedo a la impotencia) anotó en su diario este párrafo patético: "Las penalidades de la vida en común. Impuestas por la extrañeza, la compasión, la lascivia, la cobardía, la vanidad; y, sepultado en las profundidades, tal vez un parvo riachuelo digno de ser llamado amor, inaccesible al que lo busca y que no lanza sino un fugaz destello".

Claro que también hay alguna historia que, mirada de cerca, se descubre conmovedoramente bella. Como la relación de Mark Twain con su esposa Olivia, con la que vivió treinta y tres años. A la muerte de ella, Twain escribió en su memoria un tierno y divertido librito, titulado *Diario de Adán y Eva*, que trata sobre la primera pareja de la Creación. La obra termina con unas palabras dichas por Adán que Twain inscribió en la tumba de Olivia: "Allá donde Eva estuviese, era el Paraíso".

Pero me parece que esta historia de Mark Twain y de Olivia es justamente lo contrario de la pasión amorosa. Porque es una relación auténtica entre dos personas, una convivencia construida con trabajoso esfuerzo día tras día y sin duda plagada de altibajos y de carencias, con momentos de desdén y aburrimiento, como siempre sucede en lo real. Mientras que la pasión permanece enquistada en lo imaginario, es una fantasía, una alucinación en la que la persona amada no es más que una excusa que nos buscamos para alcanzar la emoción extrema del enamoramiento. En realidad importa muy poco a quién queremos: por eso podemos volver a repetir una y otra vez el mismo paroxismo. Como dice san Agustín, lo que el enamorado ama es el amor. Una droga muy bella, desde luego; pero la vida auténtica y menuda empieza justamente donde el cuento acaba. Más allá del colorín colorado y de las perdices.

Los duques de Windsor
Negra vida opípara

Desde fuera, desde muy fuera, desde la remota distancia del papel satinado de las revistas, los duques de Windsor caían bien. Durante sus treinta y tres años de matrimonio pasaron por ser una pareja trágica, los protagonistas de la historia más dulce y romántica del siglo XX, o eso decían las crónicas sociales. A fin de cuentas él había sido Rey de Inglaterra durante todo un año y había renunciado al poderoso trono del imperio (a la sazón aún más imperial porque todavía contaba con la India) por el modesto amor de una mujer, Wallis Simpson, plebeya, americana y divorciada. Era una narración de cuento de hadas, y como tal se presentó ante la opinión pública.

Ciertamente la realeza suele excitar entre los ciudadanos este tipo de transida atención sentimental; y además ellos mismos, los monarcas y príncipes de toda latitud y condición, parecen tener una especial habilidad para meterse en líos amorosos. Un buen número de las pasiones más célebres de la historia han sido protagonizadas por personajes reales, desde Cleopatra a Juana la Loca, por no citar a la Corona de Inglaterra, que lleva una década francamente nefasta. Tal vez estos excesos de las monarquías se deban a la falta de otras preocupaciones de mayor enjundia (comida, trabajo, esas pequeñas cosas); o, por el contrario, a la necesidad de huir de una asfixiante obligación de Estado. O incluso a la percepción de sí mismos como excepcionales y por tanto susceptibles de pasiones también únicas: quiero decir que quizá se permiten con mayor alegría el disparate. Aunque puede que todos los humanos disparatemos en realidad del mismo modo, y que la única diferencia consista en que las extremosidades de los reyes son más evidentes y quedan recogidas en los anales.

Las aventuras y desventuras de los duques de Windsor, en fin, fueron más que recogidas en los anales: constituyeron la comidilla de los ecos sociales durante décadas. Diminutos, elegantes y derrochones, los duques fueron la crema de la *protojet*. Si acaso, parecían un tanto insustanciales, decorativos, inofensivos. Lo último, como más adelante se verá, no se correspondía con la realidad, porque los duques de Windsor *eran peligrosos*. Lo de la insustancialidad, sin embargo, les casaba mejor. Con cinco años, Wallis bautizó a su muñeca con el nombre de *Señora Vanderbilt*, que era la reina de la buena sociedad americana de la época: algo tan tonto y tan esnob como llamar a tu pepona Isabel Preysler. Wallis nació en Baltimore en 1895. Pertenecía a una buenísima familia, pero ella misma era el producto de un desgraciado resbalón: sus padres se casaron cuando Wallis ya había cumplido año y medio. Unos meses después el padre murió, y la niña creció entre el mundo de la abuela, implacable y riquísima, y el de la madre, una marginada social que tuvo que trabajar como costurera y realquilar habitaciones para sobrevivir. De ese contraste, y de las burlas de sus compañeras de colegios de pago, debió de nacer la feroz ambición de la duquesa. Todo por el dinero y por la chisporroteante gloria de los salones.

Wallis era dura, competitiva, egocéntrica. Todo parece indicar que bordeó permanentemente la anorexia. De adolescente se atiborraba de dulces y después vomitaba, y su lema preferido, siendo ya duquesa, fue

"Nunca se es demasiado delgada ni demasiado rica". Ella, desde luego, estaba esquelética: así la definió, al conocerla, el famoso fotógrafo Cecil Beaton. Tenía un aspecto físico inquietante, anguloso y vampírico. Sólo unos magníficos ojos azules suavizaban su apariencia reseca y espectral, más y más chocante con el tiempo a fuerza de estirarse el pellejo hasta lo inconcebible: cuando, ya viuda y anciana, hubieron de intervenirla quirúrgicamente, los médicos tuvieron dificultades para intubarla a causa de las salvajes operaciones estéticas que se había hecho en el cuello.

De ella se ha llegado a decir recientemente que en realidad había nacido varón y era un transexual, una teoría un tanto peregrina (al parecer fue operada de un tumor de ovarios en 1951) que da medida de la impresión de extrañeza que producía. "Yo soy como un hombre en muchos sentidos", le confesó la duquesa a Beaton; su primer marido, un militar americano, era bisexual, al igual que el duque de Windsor. Su segundo marido, del que se divorció para casarse con el duque, era Ernest Simpson, un hombre de negocios al que Wallis arruinó con sus extravagancias y que durante varios años actuó de cónyuge consentidor, saliendo con su esposa y el príncipe de Gales y haciendo ojos ciegos ante lo evidente: una antigua costumbre cortesana.

Wallis conoció al príncipe de Gales en 1932, cuando ella tenía treinta y siete años y él treinta y ocho. Hasta entonces el príncipe había sido uno de los solteros más célebres del planeta, rubio, atractivo, sonreidor, con un cuerpo en miniatura pero bien construido. También él tenía manías alimenticias: comía poquísimo, apenas nada más que lechugas y frutas, todo ello aderezado con un alcoholismo considerable. Era simpático, trivial, infantil, débil. Le llamaban a sus espaldas *El hombrecito*. Se dedicaba a mariposear de fiesta en fiesta, a tejer tapetes a ganchillo y a tomar a mujeres casadas por amantes. Una de esas mujeres, Thelma Vanderbilt, fue la que le presentó a Wallis. La futura duquesa cultivó la amistad de Thelma para conseguir acercarse al Príncipe: se diría que decidió hacerle suyo desde el primer momento.

El día que se conocieron, Eduardo le dijo un lugar común: "¿No añora usted, como americana que vive en Londres, la calefacción de su país?". Wallis respondió lanzándose al ataque: "Me decepciona usted, Señor. Todas las americanas que vienen a Inglaterra son preguntadas por lo mismo, y yo esperaba algo más original del príncipe de Gales". Un año más tarde la cosa había avanzado tanto que, durante una cena en palacio, Eduardo cogió una hoja de lechuga con la mano y Wallis le atizó un palmetazo en el dorso. "¡La próxima vez use el cuchillo y el tenedor!", le conminó en un seco estilo de estricta gobernanta que dejó aterrados a todos los comensales. Entre ellos estaban el consentidor señor Simpson y la pobre Thelma, que horas después abandonó el palacio para siempre. Ese fue el comienzo del reinado de Wallis.

Que el príncipe quedó prendado de la señora Simpson, o más bien prendido y atrapado en ella, es algo fuera de toda duda. Dicen que el hombre padecía graves problemas sexuales y que Wallis, experimentada y con una larga trayectoria amorosa a las espaldas, supo ayudarle. Hay parejas inconcebibles que, en efecto, una sólo puede imaginar sustentadas por el secreto de la cama. Por afinidades fetichistas o juegos masoquistas: ella el ama dominante y él el discípulo sumiso, por ejemplo, como tal vez sucediera con los duques de Windsor. Nada que objetar, por supuesto, a esa complicidad íntima en la rareza, que quizá contribuya más que ninguna otra cosa a la estabilidad de una pareja. Y además, ¿no es toda aproximación al sexo *rara* en sí misma? Incluso aquellos que viven instalados en la más plana convención sexual, ¿no se enredan en insólitas fantasías dentro de sus cabezas? No cabe criticar a los duques de Windsor sobre cómo decidieron vivirse como pareja.

Sí caben, sin embargo, otras críticas graves. El egocentrismo y la extrema banalidad con que atravesaron la existencia, por ejemplo. Mientras la gente se moría literalmente de hambre en los años treinta, mientras los totalitarismos subían al poder, mientras Europa caminaba hacia su destrucción, Wallis y Eduardo se dedicaban a la vida opípara. El príncipe de Gales, entregado, apenas si se preocupaba de nada más que de cubrir a su amante con una fabulosa cantidad de joyas y de pieles; en Cannes hizo abrir la tienda Cartier a la una de la madrugada para comprar esmeraldas y diamantes para Wallis.

Eran caprichosos y ostentosos como ricos de leyenda: en el viaje de bodas, por ejemplo, llevaron 266 maletas. Después de la guerra se instalaron en Francia, en donde contaban con 30 sirvientes, entre ellos 7 criados con librea para recibir a las visitas; imprimían todos los días en francés el menú de sus perros falderos, los cuales comían en platos de plata y disponían de bizcochos frescos horneados cada día por el *chef*; y Wallis, en fin, por citar sólo una más de sus extravagancias, hacía que le plancharan el dinero, porque le gustaban los billetes crujientes. A todo esto había que añadir sus estrambóticas y celebérrimas fiestas. Los ricos de hoy son mucho más discretos, ya nadie se atreve a tener esa desfachatez en el despilfarro y ese desdén feudal por la pobreza que mostraban los Windsor.

Siendo aún príncipe de Gales, Eduardo visitó a los depauperados mineros del Norte de Inglaterra y luego habló públicamente a favor de ellos, lo cual hizo creer a la ciudadanía que el príncipe era un hombre preocupado por los temas sociales. Debían de ser los primeros pobres que veía en su vida y le impresionaron; pero las inquietudes sociales del príncipe no parecían tener más espesor que la limadura de una uña. De hecho en las distancias cortas los duques fueron bastante miserables. Por ejemplo, cuando el príncipe llegó al trono en enero de 1936 con el nombre de Eduardo VIII, Wallis bajó un 10% el sueldo de toda la servidumbre de palacio y echó a los criados viejos y a los enfermos. El nuevo Rey había mostrado además un espíritu exorbitantemente pesetero; aunque era un hombre riquísimo, acudió a los gestores del ducado de Cornualles, que le pertenecía, para exigir que no se perdonara ni un solo céntimo de la recaudación, que en gran parte era recogida de entre gente muy pobre.

Lo peor, con todo, fueron las actividades pronazis y profascistas de la pareja. Aun antes de conocerse, ambos eran notorios partidarios de los nuevos totalitarismos de extrema derecha (Wallis, además, había sido amante de diversos fascistas célebres). Unidos como pareja a partir de 1933, el año de la llegada de Hitler al poder, hicieron todo lo posible y parte de lo imposible por ayudar a la causa nazi en una Europa cada vez más tensa y más dividida. Imprudentes y frívolas, las declaraciones del príncipe de Gales comprometieron al Gobierno en más de una ocasión. Parece probado que ambos pasaron secretos de Estado a los alemanes y los italianos. El Gobierno británico tenía un dossier que hablaba del turbio pasado de la aventurera Wallis (se le acusaba de haber tenido relación con las drogas y de haber aprendido *técnicas perversas* en prostíbulos chinos durante un viaje que hizo a aquel país en los años veinte) y de su colaboración con los alemanes. Eso, el fundado temor a que fuera una espía, fue lo que realmente hizo que el Gobierno intentara impedir por todos los medios su relación con el recién proclamado Rey. Claro que tampoco ese Rey era considerado muy de fiar en los inciertos tiempos de preguerra. Como cuenta Charles Higham en su magnífica biografía sobre Wallis, durante el año que Eduardo estuvo en el trono le revelaron unos cuantos secretos ficticios a modo de prueba, y al día siguiente esos mismos secretos fueron interceptados en el correo del notorio nazi Ribbentrop, amigo íntimo de Wallis. Al final los políticos acabaron por esconderle al Rey las auténticas deliberaciones del Consejo de Ministros: era una situación insostenible. Pero todo esto, claro está, fue ocultado al público. De modo que cuando el Gobierno de Baldwin se opuso a la plebeya Wallis, la gente sólo vio cerrazón mental y conservadurismo.

Es cierto, eso sí, que Eduardo la amaba. Más aún, la necesitaba de un modo patológico, dependía de ella para poder vivir. Por eso insistió en que Wallis se divorciara de su marido y en casarse con ella y hacerla su reina. Wallis no quería; más realista que él, veía las dificultades de la empresa. En las cartas que ella enviaba por entonces a su tía Bessie quedaba claro que no estaba enamorada de él en absoluto y que le irritaba que dependiera tanto de ella. Porque por entonces el todavía príncipe de Gales se presentaba en la casa del matrimonio Simpson a todas horas: por ejemplo a las cuatro de la madrugada. Wallis deseaba seguir así, siendo la amante del príncipe y luego del Rey, disfrutando de su lugar social y de su poder sin más complicaciones. Pero Eduardo necesitaba más, esto es, necesitaba todo. Al convertirse en Rey se sintió omnipotente; hizo que Wallis comenzara los trámites de divorcio, y anunció en la prensa americana que se casaría con ella. El Gobierno amenazó con dimitir en pleno y él se vio forzado a abandonar el trono. Era el mes de diciembre de 1936.

Cuando Wallis se enteró de la abdicación tuvo tal arrebato de ira que se puso a estrellar jarrones contra las paredes: la actitud de Eduardo la condenaba de nuevo a la marginación social, ese lugar ingrato del que había intentado escapar toda su vida. Ella había ofrecido retirar la demanda de divorcio para parar la crisis. Pero el enamorado Rey contestó: "Puedes ir a donde quieras. A China, Labrador o a los Mares del Sur. Pero allá donde tú vayas, yo te seguiré". Aunque la obcecación que Eduardo sentía por Wallis resulta enfermiza, estas palabras, y todo lo que el hombre se jugaba con ellas, son sin lugar a dudas conmovedoras. Y es que a menudo la estupidez raya con el heroísmo y la patología con la grandeza.

Se casaron en Francia seis meses más tarde, condenados al exilio, repudiados por la familia real y ninguneados por la buena sociedad. Se decretó que Wallis no podría usar el título de Alteza Real ni recibir por tanto reverencias, y esa necia futilidad cortesana se convirtió en el emblema de su humillación: lucharon durante toda su vida por conseguir el tratamiento.

Después de su boda, y hasta el final de la II Guerra Mundial, los Windsor todavía maquinaron febriles intrigas para volver al poder con la ayuda de Mussolini y Hitler. Hubo turbios planes para deportar a la familia real a Canadá y reinstaurar al débil Eduardo en el trono como un Rey pelele en manos de los nazis, y en su necedad el duque llegó a acariciar la idea de proclamar en Inglaterra una república nacionalsocialista de la que él sería presidente. Una vez estallada la guerra, los británicos no sabían qué hacer con los Windsor, tan peligrosos en la torpeza de sus conspiraciones. Al fin decidieron quitarlos de en medio, nombrando al duque gobernador de las Bahamas, el puesto más lejano que se les ocurrió. Antes de salir hacia su destino hubo aún un oscuro compló en el que al parecer estuvieron implicados algunos políticos españoles: el plan, propuesto por Ribbentrop, consistía en que los duques viajaran a España para participar en una supuesta cacería, y que se pasaran desde ahí al enemigo. Pero los Windsor, que estaban estrechamente vigilados por los servicios de seguridad británicos, acabaron embarcando hacia Nassau.

Una vez terminada la guerra, y derrotados sus aliados, los duques perdieron toda esperanza de recuperar el poder. Reinaron entonces aparatosamente en el mundo de la *jet*, decadentes y vacíos, ni siquiera aceptados por esa sociedad verdaderamente *bien* que tanto había soñado Wallis en conquistar. La condesa de Romanones, amiga íntima de la pareja, da a entender en su libro *La espía que vestía de rojo* que Wallis estaba amargada por la frustración de sus ambiciones: creyó poder tocar el cielo pero lo perdió todo.

Y en cuanto al amor entre los dos, ¿qué pudo suceder en esos treinta años de exilio y deterioro? Parece que en los primeros tiempos hubo entre ellos algunas tensiones, tal vez reproches; y en 1947 se echaron un amigo íntimo, un indeseable llamado Jimmy Donahue, millonario, homosexual y sádico, que había tenido problemas con la justicia por castrar a un soldado con una cuchilla de afeitar. Jimmy les acompañó durante siete u ocho años a todas partes, coqueteando públicamente con Wallis pero cautivando por lo visto al duque. Quiero decir que ninguna relación es fácil, y menos una por la que se ha perdido todo un imperio.

Sin embargo también parece evidente que, a partir de la abdicación, Wallis empezó a enamorarse de Eduardo. La entrega de un trono es un regalo demasiado desmesurado como para no sentirse conmovida y en deuda. Su misma situación, tan extraordinaria; el exilio, las conspiraciones políticas y la lealtad de Eduardo, siempre reclamando el maldito tratamiento de Alteza para su mujer, debieron construir ese entramado de intrincadas necesidades, costumbres e intereses mutuos que viene a ser, al final, lo que llamamos amor.

En sus diarios, Beaton describe un encuentro con los Windsor en 1970, y explica que, aunque los dos siempre hablaban a la vez, para él era evidente que se llevaban bien y que no estaban arrepentidos de lo que habían hecho. Un año más tarde el duque moriría de cáncer. "Él era mi vida entera", musitó una Wallis estupefacta. Hay una foto de ella en los primeros días de viudez, asomada a una ventana, desencajada y trágica, dignificada por la vejez y por esos sentimientos básicos de pérdida y de dolor que a todos nos unen. Wallis todavía tardó en morir quince años más, senil y consumida. Así de miserables y de tristes son en la realidad los cuentos de reyes y princesas.

León y Sonia Tolstói
El amor es tan fuerte como el odio

El 23 de septiembre de 1910 se cumplían cuarenta y ocho años desde la boda entre León Tolstói y su esposa, Sonia. Ese día, Sonia escribió en su diario: "Me he pasado toda la mañana llorando". La mujer estaba empeñada en que les hicieran una foto juntos en el aniversario, para acallar así los crecientes rumores sobre el estado catastrófico de su relación. La foto existe y es conmovedora: Sonia, de sesenta y seis años, pulcra y solícita, se inclina modestamente de medio lado hacia Tolstói, el gran anciano, un octogenario erguido y feroz, plenamente seguro de su lugar en el mundo, primero como aristócrata y terrateniente, y ahora, además, como *guru* de fama internacional. Sonia sujeta la mano del viejo, que parece deseoso de soltarse. Ella había intentado que León la mirara a los ojos durante la instantánea, pero él se negó de manera rotunda. Así es que los dos miran a cámara ahora, él con gesto adusto, ella con una patética sonrisita de conejo, tan ansiosa de hacerse querer y perdonar. Pobre Sonia: por entonces, Tolstói había conseguido volverla loca.

Todo empezó mucho antes, cuando el conde Tolstói abandonó el Ejército y decidió terminar con su vida disipada, dedicarse a cuidar sus propiedades (había heredado una hermosa finca, Yasnaia Poliana, con trescientos treinta siervos) y seguir escribiendo: ya había publicado un par de libros con gran éxito. Pero para poder sentar debidamente la cabeza primero tenía que casarse; hasta entonces, Tolstói, que contaba treinta y cuatro años, no había hecho sino contagiarse de venéreas con múltiples mujeres de vida ligera, amar platónicamente a algunos hombres y mantener una tórrida relación con una de sus campesinas, una mujer casada con la que tuvo un hijo. Dado que esta historia duró desde 1858 hasta 1862, y que la emancipación de los siervos no tuvo lugar hasta 1861, la relación de León con ella fue la de un amo con su esclava.

Tolstói siempre fue terriblemente contradictorio: ángel y bestia, genio y miserable. A lo largo de su vida vio cómo la Rusia feudal era destruida por un vertiginoso proceso de industrialización; los paupérrimos siervos se convertían en obreros, aún más explotados y miserables. Las desigualdades alcanzaban niveles obscenos: los ricos eran riquísimos, los pobres abismalmente pobres. De todo ese sufrimiento saldría años después la revolución bolchevique.

Era, pues, una sociedad brutal y muy difícil de soportar para alguien con una mínima capacidad de sentimientos: y Tolstói desde luego poseía esa capacidad, pese a su egoísmo y sus prejuicios aristocráticos. Durante toda su vida, el escritor intentó encontrar la manera de descargar sus culpas. Sus esfuerzos resultan hoy bastante incongruentes y a menudo ridículos; por ejemplo, decidió liberar a sus siervos en 1859, pero éstos no aceptaron: desconfiaban del amo, temiéndose alguna maniobra. Y aunque decía amar tanto al campesinado, cuando se instaló en Yasnaia Poliana en 1862 junto a su esposa, los criados de la casa carecían de cuartos propios y dormían por las noches tirados en cualquier rincón, como si fueran perros.

Tolstói era un ferviente seguidor de Rousseau y mitificaba al buen salvaje, esto es, al ingenuo campesino ruso supuestamente feliz en su simpleza. Despreciaba a sus pares de la aristocracia, porque consideraba que habían perdido el sentido de la armonía y la justicia; pero también aborrecía a los revolucionarios. En realidad era un profundo reaccionario, un primitivista que creía que el progreso era la madre de todos los males. Dentro de sus múltiples odios, las mujeres ocupaban un lugar especial: las detestaba. "Su actitud con las mujeres es de una terca hostilidad. Nada le gusta tanto como maltratarlas", dijo de él Máximo Gorki. Con ese hacendado retrógrado y machista se casó Sonia, en 1862, a los dieciocho años de edad, llena de ilusión y de ignorancia.

Pero también se casó con el autor de *Guerra y paz* y de *Ana Karénina*. Que un hombre tan intolerante y tan misógino como Tolstói fuera capaz de escribir una novela tan hermosa y *feminista* como *Ana Karénina* da la medida de la enormidad de su talento: la fuerza de su genio y la verdad radical que hay en su escritura superó sus propios prejuicios. Todo eso, todo lo bueno, lo bello, lo vital y lo sublime que hay en sus novelas, también formaba parte de Tolstói; y, aunque solía permanecer enterrado bajo el personaje oficial, egoísta, taciturno e impertinente, a veces todo ese fulgor se dejaba atisbar y hacía de Tolstói un hombre arrebatador. Desde luego Sonia quedó arrebatada.

Ella era hija de un médico amigo de León: una familia de un rango social muy inferior al del conde. Él se enamoró de ella de la noche a la mañana y le escribió una apasionada carta pidiéndola en matrimonio. Sonia cuenta en sus diarios cómo leyó la nota en su habitación, cómo voló escaleras arriba, atravesando alcobas y salones atestados de muebles y samovares (todo tan chejoviano, tan ruso, pasos menudos y felices que recorren estancias rumorosas) hasta llegar al cuarto en donde esperaba, nervioso, León Tolstói; y cómo le cogió de las manos y le dijo que *sí*. Es el retrato fijo de la dicha.

Pero a partir de entonces todo empezó a ir mal. En primer lugar, Tolstói se quería casar inmediatamente: era un tremendo rijoso y sus deseos sexuales le sometían a una auténtica tiranía. La madre de la novia y la misma novia deseaban fijar la fecha de la boda para unos cuantos meses más tarde, como era lo decente y lo adecuado, para que diera tiempo a hacerse el consabido ajuar. "Tiene bastante ropa", dictaminó Tolstói: "y, además, le sienta bien"; y decidió que se casarían siete días más tarde.

En el entretanto de esa semana, a León se le ocurrió la cruel y peregrina idea de que su novia leyera todos sus diarios íntimos, para que supiera con quien se casaba. Y la pobre Sonia, todavía una niña, tuvo que tragarse las escabrosas revelaciones de un señor de treinta y cuatro años a quien apenas si conocía. Quedó horrorizada, sobre todo al enterarse de la existencia de la campesina y del hijo que Tolstói tenía con ella.

La boda resultó bastante grotesca, porque el novio llegó muy tarde (no encontraba una camisa limpia) y la novia y sus familiares no pararon de llorar amargamente: ella era tan joven, y todo había sido tan precipitado…Tolstói se llevó a su esposa-niña a Yasnaia Poliana. Para entonces, la propiedad estaba muy deteriorada: las deudas de juego de León le habían hecho perder la hermosa mansión de treinta y seis habitaciones, y ahora vivían apretujados en dos pabellones cochambrosos y oscuros, sin alfombras, invadidos de ratones y con el jardín devorado por la maleza. Con este desalentador hogar se encontró Sonia, además de con la ex amante de su marido, la cual fregaba de rodillas las baldosas de la casa con el pequeño bastardo de tres años al lado: la escenografía perfecta del caciquismo.

Pero Sonia, pese a tener tan sólo dieciocho años, poseía una notable inteligencia y mucho temperamento. No se dejó mangonear por su marido, lo cual fue, al mismo tiempo, su salvación y su condena. Discutieron salvajemente desde el principio, pero después hacían las paces, y Tolstói escribía en su diario bellos párrafos de amor dedicados a Sonia que le dejaba leer (también le dejaba leer los párrafos de odio). Además a Tolstói le volvía sexualmente loco su mujer, aunque a ella "eso" no le gustaba mucho. Sin embargo, disfrutaba con las dulzuras que León le dedicaba antes del acto: como tantos otros hombres y mujeres, Sonia daba sexo para obtener amor, y León daba amor para obtener sexo. Pasados muchos años, Sonia se quejaba agudamente en su diario: "Me ama sólo por la noche, nunca por el día". Noche a noche, Sonia se quedó embarazada dieciséis veces. Tuvo tres abortos y dio a luz a trece hijos, cuatro de los cuales murieron antes de cumplir los ocho años.

Y luego estaba la literatura. En los primeros tiempos del matrimonio, León escribió sus dos mejores obras, *Guerra y paz* y *Ana Karénina*. Sonia copió pacientemente una y otra vez las casi ilegibles páginas de su marido. Era la mejor lectora de León, le aconsejaba bien y estaba convencida de que las obras de Tolstói eran geniales; y todo eso compensaba de muchas amarguras. Pespunteados de broncas y de apasionadas reconciliaciones, los diecisiete primeros años de matrimonio fueron razonablemente buenos.

El infierno comenzó después, cuando Tolstói estaba terminando *Ana Karénina* y le sobrevino su famosa crisis. Ya había tenido depresiones con anterioridad, pero ahora, a los cuarenta y nueve años, se hundió en un túnel pavoroso. Tenía tentaciones suicidas y no le encontraba sentido a la existencia; hasta que decidió crear una nueva religión, el Tolstoísmo, y convertirse en el *guru* de la buena nueva. A partir de entonces se vistió con ropas campesinas y dejó de lavarse. Abominó de sus obras narrativas y empezó a escribir panfletos morales muy inferiores a su genio. Proclamó que había que abolir la propiedad privada, y donó todas sus tierras y pertenencias a su esposa e hijos: pero él siguió viviendo como un pachá en Yasnaia Poliana, con el mismo servicio, la misma buena comida y los mismos privilegios, sólo que ahora era Sonia quien tenía que añadir, a todos sus anteriores trabajos, el de dirigir la hacienda.

Dictaminó que el sexo era el mayor de los pecados y que uno debía vivir en la castidad más absoluta: pero seguía haciéndole hijos a Sonia, para gran espanto de ésta, que consideraba, con razón, que después de tanto predicar la abstinencia estaban haciendo el ridículo ante el mundo entero. Además Tolstói quería renunciar a los derechos de todas sus obras; después de una batalla fenomenal, Sonia consiguió conservar los derechos de los libros publicados antes de 1881.

Todo esto estaba adobado de furiosos sermones e iracundas condenas, porque Tolstói se había convertido en un fanático intolerante que achacaba a los demás (sobre todo a su mujer) sus propias faltas. En realidad estaba chiflado; pero era un escritor colosal, una figura mundialmente conocida, y su discurso de *guru* alucinado conectaba con ciertas urgencias del crispado ambiente ruso del momento: la crítica al Estado, el miedo al progreso, el ensueño primitivista, el ensalzamiento del campesinado. Así se convirtió en un santón, y su desvarío fue tomado seriamente por muchos seguidores que se hicieron tolstoianos, y por sus enemigos, el Zar y la Iglesia Ortodoxa, que le persiguieron y le excomulgaron.

Durante más de dos décadas la esposa de Tolstói intentó poner orden y sensatez en el delirio: "Mi marido ha cargado absolutamente todo sobre mis hombros", escribió lúcidamente en su diario, "los hijos, la hacienda, la casa, sus libros, los asuntos económicos, el trato con la gente y con sus editores, y después, con indiferencia egoísta y crítica, me desprecia por hacer todo eso". Pero, si el loco no era tenido por loco, entonces ella, Sonia, ¿qué era? Poco a poco, fue perdiendo pie. Si el loco no estaba loco, entonces la loca era ella. El hermosísimo libro *Amor y odio* de Shirer refleja a la perfección el largo desgaste de Sonia: "Creo que estoy perdiendo la cabeza", anotaba angustiosamente en su diario. También ella deseaba morirse y la vida era un tormento. Aunque de vez en cuando volvía a saltar la chispa amorosa y ambos llenaban sus diarios con palabras encendidas de pasión.

Pero para 1906 las cosas estaban ya tan mal que, cuando Sonia enfermó gravemente de un tumor de útero y los doctores aconsejaron una inmediata intervención, Tolstói se negó a dejar que la operasen. Sí, cierto, siempre había mantenido gruñonas reticencias frente a los médicos, pero cada vez que él había estado malo se había puesto en manos de los especialistas, así es que esta cerrazón actual se parecía demasiado al odio o al egoísmo homicida. Sonia empeoró: se le declaró una peritonitis. El cirujano, desesperado, llegó a Yasnaia Poliana con una camilla portátil, dispuesto a abrirla allí mismo. Tolstói se volvió a negar. "¡Entonces morirá!", insistió el médico. El viejo le fulminó con la mirada, pero no tuvo más remedio que ceder. Sonia fue operada y se salvó. Tolstói estuvo indignado con el cirujano durante varios días.

En realidad fue Chértkov quien les dio la puntilla. Chértkov era un personaje siniestro, guapo y frío, veinte años más joven que León, que se convirtió en el primer

discípulo del *guru*, en el detentador del credo, más tols-
toiano que el propio Tolstói. Era un tipo implacable y
ambicioso y consiguió hacerse con la voluntad del viejo,
que probablemente se había enamorado de él de un modo
platónico. Chértkov era el principal adversario de Sonia:
quería tener a León en su poder y Sonia era un estorbo.
Así es que malmetió e hizo todo lo posible por enfrentarlos.

En 1908, Tolstói entregó a Chértkov sus diarios
personales, esos diarios en los que había recogido las
menudencias de su larguísima vida en común con Sonia.
Entonces ella se desesperó: ¡toda esa intimidad traicio-
nada con un extraño, aún peor, con un enemigo! Sonia
creía tener derecho a guardar esos diarios: a fin de cuentas, eran la compensación de toda su vida dedicada
a Tolstói. Además del problema de la posteridad: porque
Sonia *sabía* que habría una posteridad, *sabía* que estaba
casada con un genio. Y tenía miedo de que Chértkov usa-
ra los diarios, esas anotaciones hirientes de León contra
ella, para dejarla en mal lugar (tenía razón: durante años
Sonia ha pasado por ser una arpía, como se puede ver en
el tópico y tonto libro de Cavallari *La fuga de Tolstói*).

Todo esto ya era suficientemente doloroso, pero
hubo más. Chértkov quería ser el albacea de la obra de
Tolstói, el dueño de su herencia intelectual y su memoria, y, aliado con Sasha, la única hija de los condes que
vivía aún en la casa familiar, una chica áspera y tolsto-
ísta que odiaba a su madre, consiguió que el viejo hiciera un testamento secreto desheredando a su mujer y a
sus hijos y otorgándole a él el control sobre su obra.
Todos estos tejemanejes terminaron de trastornar la ya
inestable mente de Sonia: se puso por completo fuera
de sí, presa de la histeria y de la paranoia. Se creía rodeada de enemigos que conspiraban contra ella, lo cual,
por otra parte, era totalmente cierto.

¿De modo que la querían loca? Bien, de acuerdo, pues entonces loca por completo. Sonia empezó a perseguir a Tolstói, le chillaba, le atormentaba, salía corriendo casi desnuda por los campos nevados, se tumbaba en las zanjas, amenazaba con envenenarse con opio y amoniaco. Había amado mucho a León, pero ahora, en el momento final del deterioro, hizo de su amor una tortura. Transcurrieron dos años así, insoportables. Al final, en octubre de 1910, apenas un mes después del 48 aniversario de boda, el anciano Tolstói, desesperado, se escapó de su casa. Cuando se enteró, Sonia se arrojó a un estanque helado, intentó tirarse a un pozo, se golpeó el pecho con un martillo.

Cinco días después, mientras viajaba en un tren en plena huida, Tolstói enfermó gravemente de neumonía. Ardía de fiebre, y su hija Sasha, que iba con él, le bajó en la primera parada. Era una pequeña aldea llamada Astapovo y, a falta de otra cosa mejor, el escritor fue alojado en la humilde casa del jefe de estación. Tolstói llamó a Chértkov, que acudió corriendo y se instaló a la cabecera de su cama como un buitre; pero no avisó ni a sus otros hijos ni a su familia. No obstante, Sonia se enteró de dónde estaba y llegó a toda prisa. Fue inútil: no la permitieron ver al enfermo. Hay una foto estremecedora: Sonia está de puntillas en la nieve, intentando atisbar el rostro de León a través de una de las ventanas de la casita. Tolstói murió dos días más tarde; tenía ochenta y dos años. Diez minutos antes del final permitieron que entrara Sonia, pero el escritor ya estaba en coma: "Han tenido la crueldad de no dejarme despedirme de mi marido".

Ella vivió aún nueve años más. Desaparecido Tolstói dejó de estar loca: administró las propiedades de la familia, empezó a escribir sus memorias, visitó todos los días la tumba de su marido para ponerle flores y litigó durante cuatro años contra Chértkov por la propiedad de los papeles de Tolstói. Y ganó ella. Pero no consiguió ser enterrada, como era su deseo, junto a su marido: sus hijos no lo consideraron procedente. Por fortuna, ella murió ignorando este desdén postrero.

Juana la Loca y Felipe el Hermoso
Ni loca ni hermoso

Dicen que el carácter celoso y obsesivo en el amor de Juana la Loca le venía heredado. Su madre Isabel, la gran Isabel la Católica, había quedado prendada del astuto Fernando con pasión fulminante ("amaba mucho al Rey e celábalo fuera de toda medida", escriben los cronistas de la época) y montaba sonoros números de furor y lágrimas cada vez que su marido la engañaba con otra, cosa harto frecuente. Por otra parte, la madre de la reina Católica, Isabel de Portugal, viuda de Juan II, se pasó los últimos cuarenta y dos años de su vida encerrada en el castillo de Arévalo y llamando a grandes gritos no a su marido, sino a un tal Don Álvaro, previsiblemente Álvaro de Luna, el poderoso valido de Juan II, al cual el Rey había acabado decapitando. De niña, Juana acudió alguna vez junto con su madre a visitar a la abuela demente, sin poder adivinar por entonces que también a ella le esperaba, siniestra simetría del destino, un futuro parejo.

Europa atravesaba por entonces tiempos turbulentos, a la vez maravillosos y terribles. Las grandes empresas épicas convivían con las intrigas más retorcidas, los soñadores con los envenenadores, la superstición con el afán científico del Renacimiento. Eran los años de Copérnico, de Leonardo da Vinci, de Luis Vives, de Erasmo de Rotterdam; pero también del establecimiento de la Inquisición y de los Borgia. Por cierto que entre los malvados destacó nuestro Fernando el Católico, tramposo, taimado, amoral y habilísimo, que fue uno de los modelos en los que Maquiavelo se inspiró para escribir su celebérrimo *El príncipe* (el otro, y principal, fue César Borgia).

Isabel la Católica, mucho más culta que su marido, reinaba en una corte ilustrada que no desmerecía del brillo de la época. Poseía una importante colección de obras de arte y una estupenda biblioteca entre cuyos fondos se contaban obras de Tito Livio, de Virgilio, de san Agustín o de Boccaccio; además acogía a destacados humanistas italianos y mantenía una capilla musical. En este ambiente fue educada Juana, y con primor. A los dieciséis años, cuando la casaron con Felipe de Borgoña, Juana hablaba latín con toda fluidez, escribía con gracia, bailaba muy bien y tocaba a la perfección varios instrumentos, entre ellos el clavicordio y el monocordio. Era una princesita dócil e instruida, la más guapa, a decir de los coetáneos, de entre todas las hijas de los Reyes. Los cuadros la muestran hoy un tanto mejilluda (en eso salió a su madre), con unos bonitos ojos azules, la boca pequeña y carnosa, la nariz demasiado larga y una expresión vagamente bovina. Aunque en sus últimos retratos los ojos se le van atormentando y hay en ella mucho más dolor y más enjundia.

Naturalmente Juana no conocía a su futuro esposo. La boda con Felipe no fue sino uno más de los enlaces que gestionaron los Reyes Católicos en su ambiciosa y brillante política matrimonial. Y así, la hija mayor, Isabel, había sido casada con el heredero del trono de Portugal; Catalina, con el de Inglaterra; Juan, el único varón, con Margarita, la hija del emperador Maximiliano de Austria, y por último Juana con el hermano de Margarita, el archiduque Felipe, que a la sazón reinaba ya, por muerte de su madre, en Flandes y Borgoña. Con todo este baile de hijos y camas conyugales, los

Reyes Católicos esperaban que sus descendientes dominaran el mundo.

De modo que Juana partió en 1496 camino de Flandes y de su boda, con una flota de ciento veinte barcos y acompañada por quince mil hombres: Isabel y Fernando querían impresionar. Se encontró con su futuro esposo en un convento cercano a Amberes; él tenía dos años más que ella, es decir, dieciocho y al parecer se quedaron turulatos los dos nada más verse. De hecho el enlace estaba fijado para cuatro días más tarde, pero Felipe hizo venir a un capellán para que les casara sobre la marcha y poder así encamarse de inmediato con la rubia princesa española. La adolescente y sanísima Juana (su increíble salud física acabaría siendo para ella una maldición) debía de resultar sumamente apetecible; Felipe el Hermoso, por su parte, no era nada hermoso según los baremos actuales: era belfudo como buen Habsburgo, con grandes narizotas y blandos carrillos. Sin embargo era un deportista y un vividor, amante de los torneos, los bailes y los juegos de pelota. A Juana, desde luego, la deslumbró. Fue un mero prodigio de la carne, porque es probable que al comienzo no se entendieran bien en ningún idioma.

Desde el principio, Juana cayó en mitad de un nido de intrigas e intereses que probablemente estaban mucho más allá de sus aspiraciones y sus capacidades. Por hacer breve una historia enrevesada y larga, digamos que en esa gran partida de ajedrez que era entonces Europa había varios jugadores muy porfiados: el emperador Maximiliano, Luis XII de Francia y los Reyes Católicos. Todos ellos estaban empeñados en impedir que alguno de los otros se hiciera demasiado poderoso, y todos intentaban convertirse ellos mismos en la mayor potencia; con tal fin, ensayaban triquiñuelas y cambiaban de alianzas de un día para otro. Y a todos ellos, por desgracia para Juana, les interesaba contar con la fidelidad de Flandes.

Los Reyes Católicos apremiaban a su hija para que atrajera a Felipe hacia las posiciones españolas, pero Felipe insistía en aliarse con Francia, que a la sazón estaba en guerra con España por el control de Nápoles. ¿Me siguen en el lío? Juana, aislada en Bruselas, dócil y enamorada, no era una buena agente para sus padres. Ella se plegaba a la voluntad de Felipe y se contentaba con vivir una vida risueña. Tuvo enseguida una hija y se volvió a quedar embarazada. Pero las gestaciones no le impedían acudir a fiestas y banquetes. Justamente en un baile sintió las contracciones de su segundo parto; la acomodaron en un retrete y allí, en un lugar tan poco majestuoso, dio a luz al que luego sería el emperador Carlos I. Hasta ese momento las cosas no habían ido del todo mal.

Pero entonces se instaló la desgracia sobre ella. Murió Juan, el heredero de los Reyes Católicos, y su hijo póstumo nació cadáver. Poco después fallecía la infanta Isabel durante el parto de un niño que a su vez sólo duró vivo un par de años. Tras esas cuatro muertes encadenadas, que suponían el fracaso de la política matrimonial (también falleció el marido inglés de Catalina), los Reyes Católicos decretaron el luto riguroso en toda la corte: de ahí la vieja imagen de la España sombría. Juana era ahora, por corrimiento sucesorio, la heredera de los tronos de Aragón y Castilla. Ésa fue su condena.

En cuanto su mujer adquirió tal rango, Felipe se vio a sí mismo como soberano de España, o mejor dicho, se vio anexionando España al imperio austriaco. Pero la reina Isabel estaba muy enferma y era de prever que moriría pronto; y Felipe no se fiaba de que el rey Fernando cediera la corona de la poderosa Castilla a su hija Juana. Una certera suspicacia, porque Fernando, en efecto, no estaba dispuesto a permitir que Castilla escapara de sus manos. Entre ese fuego de ambiciones quedó atrapada Juana.

La catástrofe comenzó en 1501, cuando Juana y Felipe viajaron a España para ser proclamados herederos al trono. Al principio todo fue aparentemente como la seda: los Reyes Católicos saludaron y mimaron a su hijo político como si fueran los suegros más encantadores e inofensivos. Pero enseguida intentaron atraer a Felipe a su bando y obligarle a tomar posición en contra de Francia. Sintiéndose sitiado, el archiduque echó de su séquito a los partidarios de los Reyes Católicos y cerró filas con el obispo Besançon, fiel defensor de Luis XII. Pero el obispo enfermó inopinadamente y murió de la noche a la mañana. Felipe, que asistió a su agonía, quedó convencido de que lo habían envenenado, y temiendo por su propia vida decidió salir de España cuanto antes.

Entonces a la reina Isabel se le ocurrió la idea de utilizar a Juana contra su marido. Como la infanta estaba embarazada de siete meses, prohibió que se pusiera de viaje, pretextando el cuidado por su salud; y malmetió con su hija para que insistiera en que Felipe no se marchase. Pero el archiduque estaba espantado y decidido: si Juana no podía venir, la dejaría atrás hasta que diera a luz. De hecho, y después de despedirse con una bronca fenomenal de su mujer, a Felipe aún le costó dos meses poder salir (o más bien escapar) de este país, porque Fernando ordenó que no le dieran ni un solo caballo.

La princesa se había quedado desconsolada. Cayó en su primera gran depresión, una melancolía que la dejaba muda y como ausente. En marzo llegó el parto, que fue, como todos los suyos, facilísimo, y entonces empezó a mostrarse más animada: la pobre se había creído la excusa de su madre y pensaba que ahora, una vez recuperada, le pondrían unos barcos para llevarla a Flandes, puesto que no se podía hacer el viaje por tierra a través de la enemiga Francia.

Pero los días pasaban y pasaban; nadie le hablaba claramente, todos la trataban como si fuera idiota. Transcurrió así el verano de un modo angustioso, porque esos meses de buen tiempo eran los únicos en los que se podía navegar, y al fin llegó el otoño. A esas alturas Juana estaba por completo fuera de sí: pensaba que la habían secuestrado con la complicidad de su marido, al que imaginaba en Bruselas acostándose a diestro y siniestro con todas las damas. Un ataque de paranoia que era en gran parte muy atinado, porque en efecto *estaba secuestrada*, sólo que no por su marido sino por sus padres, que estaban decididos a no permitirle volver a Flandes.

De hecho, Juana estaba internada en el castillo de la Mota, virtualmente prisionera. No comía, no dormía, no se lavaba. Patricia Highsmith, conocedora de los más oscuros recovecos del alma humana, dice que, enfrentados a una situación de insufrible violencia, el hombre mata y la mujer *se mata*. Ésa fue la pauta de Juana durante toda su desgraciada vida: la forzaron, la maltrataron, la manipularon hasta extremos inconcebibles, y frente a toda esa violencia ella sólo pudo enfrentarse hiriéndose a sí misma, dejándose morir. Claro que era tan robusta que no se moría, y eso prolongó de manera indecible su tortura.

Encerrada en el castillo de la Mota le llega una carta de Felipe en la que el archiduque le pide que vuelva de una vez. ¡Entonces su marido no estaba en la conjura! Feliz y llena de energía, Juana ordena prepararlo todo para salir de viaje. El obispo Fonseca la detiene en nombre de la reina Isabel: tiene que recurrir a la fuerza, quitarle los caballos, alzar el puente levadizo y cerrar las puertas, porque Juana está dispuesta a irse aunque sea andando. Juana, reina de Flandes y heredera de los tronos de Aragón y Castilla, no tiene a nadie junto a ella que la ayude. Nadie la obedece: es una prisionera. Llora, grita, araña, insulta a Fonseca, se niega a regresar a su habitación. Es el mes de noviembre y se pasa toda la noche en el gélido patio y sin abrigo. Es la única medida de protesta que está a su alcance. Por todos esos actos de desesperación, tan naturales, la consideran loca.

Y de nuevo la depresión, los raptos de ausencia. Al fin, y tras varios meses de agonía, llegó un enviado de Felipe con el firme encargo de llevarla con él. Los Reyes Católicos no tuvieron más remedio que dejarla partir. Hacía año y medio que Juana se había separado de su marido.

Pero el sufrimiento había dejado huellas irreversibles, y la situación no contribuyó a mejorar el estado de la princesa. Cuando llegó a Bruselas, Juana encontró a Felipe cambiado: estaba enamorado de una dama de la corte, una bella flamenca. De manera que su mayor pesadilla se había hecho realidad. Un día, Juana sorprendió a la damita con un billete amoroso y exigió que se lo diera. Pero la cortesana se sentía lo suficientemente fuerte como para desobedecer a su Reina, y en vez de darle el papel se lo tragó. Entonces la española se abalanzó sobre ella, le cortó las trenzas y le marcó la cara con las tijeras. Felipe, al enterarse, le dio una paliza a Juana. La vida era un infierno.

A partir de entonces Felipe empezó a engañar y a desairar a su mujer más y más abiertamente, y Juana, como suele suceder, se fue obsesionando más y más con él. El archiduque la encerraba en sus habitaciones durante semanas, y ella se pasaba las noches dando golpes en la pared para fastidiarle sus conquistas. De vez en cuando, sin embargo, aún se acostaban juntos, y ella siguió pariendo hijos. Tuvo seis en total, todos tan sanos que llegaron a adultos, un verdadero récord para la época. Para exculpar sus ostentosas infidelidades, Felipe hizo que un cortesano español llevara un diario de las excentricidades de Juana y se lo envió a los Reyes Católicos. No quedan copias de ese diario, pero debía de ser tan elocuente que, cuando murió la reina Isabel, Fernando lo utilizó para declarar a su hija loca y hacerse él con la regencia. Para más desasosiego e inquietud mental de la princesa, durante todo este tiempo fue objeto de diversas maniobras por parte de Fernando y de Felipe, que intentaban que firmara cartas y proclamas contra uno u otro. Para una loca como dicen que era, ella se mantuvo admirablemente serena en mitad del tumulto, y fue fiel en lo sustancial al rey Fernando, a ese padre que nunca tuvo el menor reparo en traicionarla.

Tras la muerte de Isabel, Felipe acudió inmediatamente a España a reclamar el trono. Como es natural vino con Juana, aunque la princesa estaba tan devorada por los celos para entonces que, al subir al barco en Rotterdam, puso como condición que no hubiera ni una sola mujer a bordo. Ya en España, Felipe acordó con Fernando la incapacitación de Juana, y a partir de entonces se habría desatado una guerra por el poder entre ellos si el archiduque no hubiera enfermado gravemente en Burgos. Juana se instaló al momento en su cabecera, cuidándole con abnegada entrega. Como Felipe temía que *ella* le envenenara (así de torturada, así de siniestra había acabado por ser la relación), ella bebía grandes tragos de todas las medicinas, aunque estaba embarazada de cinco meses. Pero todos los cuidados fueron vanos: tras seis días de fiebres, Felipe murió. Dicen que Juana no pareció inmutarse. El sufrimiento se le manifestaba así, en esa especie de estupor autista.

A partir de aquí se disparó la leyenda de la locura pasional. Cuentan que Juana ordenó desenterrar al príncipe, que había sido sepultado en la cartuja de Miraflores, y que iba a verlo todas las semanas, abriendo la caja, desanudando el sudario y besándole los pies (por fortuna estaba embalsamado: aunque al parecer no demasiado bien, y hedía). Y que luego, cuando la peste la obligó a salir de Burgos, se llevó consigo el cadáver de Felipe y lo paseó durante dos años en sórdido cortejo por media España, marchando siempre de noche y durmiendo de día.

Sin embargo Prawdin, en su convincente biografía sobre Juana, aporta una explicación mucho más coherente y aún más sórdida. Primero, no es verdad que Juana acudiera cada semana a Miraflores para besar los pies del cadáver: sólo fue allí dos veces, y abrió la caja por temor a que hubieran robado el cuerpo. Y segundo, si decidió partir hacia Granada con el muerto para enterrarlo allí, fue, dice Prawdin, porque la reina Juana tenía en Andalucía a sus mayores partidarios, a sus nobles más leales. Ella sabía que el cardenal Cisneros y el rey Fernando querían incapacitarla y encerrarla, e intentó huir de ellos. Pero se puso de parto en el camino y la atraparon sus enemigos. Desde entonces se negó de modo sistemático a entrar en cualquier castillo o ciudad amurallada, sabedora de que sería su fin. Como también se negó a ceder los poderes a su padre: ella quería reinar. Pero al cabo de dos años, sola y acosada, rodeada de espías y acompañada patéticamente del cadáver de Felipe, Fernando el Católico logró internarla en el castillo de Tordesillas. Juana tenía veintinueve años.

Ya no saldría de allí. Seguía siendo oficialmente la Reina y el pueblo la quería, de modo que resultaba peligrosa: por eso su reclusión fue más cruel. Durante muchos años vivió encerrada en unas alcobas interiores sin ninguna luz natural, alumbrada tan sólo por las velas, para que no pudiera asomarse a las ventanas y pedir auxilio. Sus carceleros tenían permitido darle "cuerda" (¿atar?, ¿azotar?, ¿torturar?) y "premias" (apremios, violencias). Cuando murió el rey Fernando no se lo dijeron, para que no osara reclamar su lugar en el trono. No se enteró del fallecimiento de su padre hasta varios años después, cuando el alzamiento de los comuneros contra la tiranía flamenca que estaba imponiendo Carlos I. Padilla y los demás rebeldes acudieron a Tordesillas para ponerse al servicio de la Reina, que por entonces tenía cuarenta y un años y parecía muy cuerda. Juana apoyó a los comuneros, pero, fiel a su hijo, no llegó a respaldarles con su firma. Fue el fracaso del movimiento revolucionario: ahí se hundió para siempre el democrático y poderoso sistema de las comunas castellanas, aplastado por el orden autoritario y centralista del imperio. Y las puertas del mundo volvieron a cerrarse sobre Juana.

Allá dentro quedó, desesperada al ver que se renovaba su tortura y su encierro, completamente sola. Su extraordinaria salud le hizo resistir año tras año, cada vez más enajenada, por supuesto: y quién no, en una situación como la suya. La última Reina titular de la historia de España murió al fin en 1555, paralítica de cintura para abajo y atormentada por los horribles dolores de la gangrena. Tenía setenta y siete años y había pasado los cuarenta y siete últimos encerrada en Tordesillas. Enfrente del castillo, en el convento de Santa Clara, seguían reposando, sin sepultar, los mal embalsamados restos de su marido.

Oscar Wilde y lord Alfred Douglas
Bailando descalzo sobre la sangre

En 1890, un gigantón carnoso y lívido entró en un café de París y se acercó al director de la pequeña orquesta que animaba el local: "Estoy escribiendo una obra sobre una mujer que baila, con sus pies descalzos, sobre la sangre del hombre del que estaba desesperadamente enamorada y al que ha matado", explicó con exquisita educación: "¿Podrían tocar ustedes algo que se adecuara a esto?". Los músicos, al fin y al cabo parisinos y finiseculares, encontraron la solicitud de lo más natural, e interpretaron una pieza tan terrible y agónica que los parroquianos del café, estupefactos, interrumpieron sus conversaciones. El hombrón escuchó la tenebrosa melodía con evidente satisfacción, y al cabo regresó a su cuarto a seguir escribiendo. Se trataba de Oscar Wilde, y la obra era *Salomé*.

Por entonces, Wilde era un libertino de lo más inocente que aún no conocía a lord Alfred Douglas, el hombre que se convertiría en su perdición y su martirio; pero ya intuía el aterrador abismo de la pasión. Salomé besa la decapitada cabeza del Bautista y sus labios le saben amargos: es el gusto de la sangre y del amor. Esta horrible cualidad destructiva del querer es una constante simbólica en la vida de Wilde; mucho más tarde, después de haberlo perdido todo, Oscar escribirá la estremecedora *Balada de la cárcel de Reading*, su última obra, basada en la historia real de Charles Woolrigge, un miembro de la

Guardia Montada que asesinó a su esposa y que fue ejecutado en la prisión de Reading mientras Oscar cumplía condena allí: "Los hombres matan lo que aman".

Oscar nació en Dublín en 1854. Su padre, sir William Wilde, era un famoso cirujano de oídos y ojos, además de escritor folclorista. Su madre, lady Jane, era poeta (con el seudónimo de *Speranza*), gigantesca y genial. Con su inmensa altura y su inteligente excentricidad, Speranza mantenía un salón de contertulios de primer orden. Un invitado alabó un día a una persona diciendo de ella que era respetable, y Speranza contestó con esa loca grandeza tan wildeana: "Nunca emplee la expresión *respetable* en esta casa. Sólo los comerciantes son respetables: nosotros estamos por encima de la respetabilidad". En ese caldo de cultivo creció Oscar: atrevido, transgresor, valiente, feliz merodeador de la frontera. "Seré poeta, escritor, dramaturgo", dijo a los veintipocos años. "De un modo u otro, seré famoso; y, de no conseguirlo, seré al menos notorio." Terrible maldición, la del deseo cumplido.

Era un bicho raro desde muy pequeño. En primer lugar, por su aspecto: tan alto, tan lánguido, tan pálido, con esas carnes mórbidas y blandas y ese culo tan grueso (del que, por otra parte, él se sentía orgullosísimo). Sus rasgos, contemplados por separado, podrían ser definidos como bellos: la boca grande y sensual, la nariz aquilina, los ojos soñadores. Pero en conjunto se percibía una desmesura fatal, como si hubiera en él algo físicamente erróneo que le convirtiera en un personaje monstruoso. Esa mezcla inquietante entre la atrocidad y la hermosura terminó siendo el emblema de su vida.

En vez de amilanarse por su diferencia, Oscar, apoyado en su propio talento y seguramente en la fuerza de su madre, creció a favor de su rareza y se construyó a sí mismo como un espectáculo público. Siendo aún un estudiante, llevaba el pelo muy largo, vestía de modo alucinante y se comportaba con perfecta y coherente extravagancia. Sus habitaciones de Oxford estaban llenas de lirios y porcelanas azules: "Cada día me resulta más difícil mantenerme a la altura de mi porcelana azul". A veces hubo de defenderse a puñetazo limpio de la burla de sus compañeros más estúpidos, pero era un chico airoso, gracioso, vitalista. Tuvo muchos amigos (Wilde siempre tuvo grandes amigos porque era un hombre fundamentalmente bueno y generoso), y ganó todos los premios académicos en su especialidad, el griego y la cultura clásica. Elefantino y extraño como era, también supo ser un triunfador.

Según Richard Ellmann, autor de una deslumbrante biografía sobre Wilde, el escritor salió de Oxford sifilítico. Durante dos años se medicó, según los usos de la época, con mercurio, lo cual le dejó los dientes negros y no le curó (aunque él creyó que sí). La enfermedad la había cogido con una prostituta, porque Wilde se relacionó sexualmente con mujeres (y sólo con mujeres) durante mucho tiempo. Escribía odas a las piernas de los muchachos griegos y se besuqueó con algunos hombres (el poeta Walt Whitman entre ellos), pero hasta pasados los treinta no hizo más. Probablemente no se atrevió: la sociedad victoriana en la que vivía era terriblemente puritana y violenta en su homofobia. Tuvo un par de novias (o algo así) y, por último, se casó a los veintinueve años con Constance Lloyd, una mujer hermosa, inteligente y leal que tenía tres años menos que él.

Según todos los testigos, al principio de su matrimonio Wilde estaba muy enamorado. Debía de sentirse feliz al creerse *rescatado* de su homosexualidad: la vida era mucho más cómoda desde la ortodoxia. Enseguida tuvo dos hijos con Constance; Wilde les adoraba y escribió para ellos sus preciosos cuentos de hadas. Pero la *mujer-madre* se transmutó para él en un objeto sexual imposible de soportar: "Cuando me casé, mi esposa era una hermosa muchacha blanca y esbelta como un lirio (…) Al cabo de un año, se había convertido en algo pesado, informe y deforme (…) con su espantoso cuerpo hinchado y enfermo por culpa de nuestro acto de amor". De algún modo, consiguió que Constance aceptara el fin de sus relaciones sexuales (Ellmann dice que la convenció de que padecía una recurrencia de la sífilis). Siempre se trataron bien, sin embargo; siguieron viviendo juntos y se quisieron. Poco después, Robert Ross, un muchacho de diecisiete años ya experto en estas lides, sedujo al pardillo Wilde y se lo llevó a la cama. Eso fue en 1886, y Oscar tenía treinta y dos años. Pasado el enamoramiento primero, el encantador Ross se convirtió en su mejor amigo.

Si el sexo con las mujeres le parecía sucio, el amor viril encerraba para Oscar toda la hermosura, toda la espiritualidad y la trascendencia. Porque Wilde, al contrario de lo que su fama e incluso él mismo sostenían, era un hombre tremendamente trascendente, casi un místico. En apariencia Wilde exaltaba lo trivial, pero luego era de una rara profundidad. Fue el profeta del esteticismo, pero bajo la estética para él se enroscaba la ética. Como muchos otros intelectuales de fin de siglo, Oscar había descubierto que el Bien y el Mal no eran lo que la ortodoxia dictaminaba; por eso, en sus epigramas, en sus obras teatrales, hay una constante denuncia de la hipocresía social, y un alineamiento con las víctimas. La grandeza de Wilde radica en que en él siempre se percibe esa sorda palpitación por entender lo humano.

Para sus contemporáneos, y durante muchos años, fue simplemente un fantasmón. Era un conversador maravilloso e ingeniosísimo, y gracias a eso, y al movimiento esteticista, ridiculizado por todo el mundo, se hizo famoso (o más bien notorio) siendo aún muy joven. Se hablaba de las ropas de Wilde (bombachos de terciopelo, medias de seda negra, zapatillas de baile de charol, abrigos ribeteados de nutria), de sus desplantes y sus frases provocativas. Con los años, sin embargo, su talento fue abriéndose paso irremediablemente, pese al odio que los biempensantes le tenían. Se hizo famoso en Francia, en donde se identificó con el decadentismo; y, a partir de 1891, estrenó en Londres cuatro obras de teatro con progresivo éxito, hasta llegar al triunfo total de su última comedia, *La importancia de llamarse Ernesto*. Esta obra fue estrenada en febrero de 1895 con fabulosas críticas; tres meses después, Wilde entraba en la cárcel.

Todo había empezado en 1891: fue entonces cuando Oscar conoció a lord Alfred Douglas. *Bosie*, como todos le llamaban, tenía veintiún años; Wilde, treinta y siete. Douglas era lacio, lánguido, egoísta, vanidoso, frívolo, violento, malvado. También era rubio y con grandes ojazos azules, pero, a juzgar por las fotos del estupendo libro ilustrado de Juliet Gardiner, no valía gran cosa. Posa, en los retratos, con una triste cara de mártir virginal, a lo Juana de Arco, todo él ansioso de heroicidad, sobre todo si el tormento se lo aplican a otro: como así fue. No valía ni el polvo de los zapatos de Oscar, pero, ¿qué importa? El amor no es más que la voluntad de amar. Y la voluntad de Wilde era conmovedora, trágica, total.

Para 1892, Wilde estaba atrapado: "Bosie se asemeja mucho a un narciso, tan blanco y dorado… Yace en el sofá como un jacinto y yo le adoro". El angelical Bosie, sin embargo, era un narciso de escasa pureza; fue él quien metió a Wilde en un mundo de prostitutos, chantajistas y jóvenes *lumpen*. Oscar, pese a toda su capacidad de escandalizar y su decadentismo, era en realidad un inocente, una especie de niño descomunal. Tenía el corazón tierno y el alma cándida, lo que le convertía en la víctima perfecta para un perverso. Y Bosie lo era: "Tu defecto no es saber tan poco de la vida", le reprochó Oscar a Douglas, "sino saber tanto".

Bosie metió a Wilde en un infierno; le gritaba, le maltrataba; no le dejaba trabajar; le absorbía todas las horas de su existencia; como era un exhibicionista, obligaba a Oscar a *lucirle* delante de todo Londres, provocando el consiguiente y peligroso escándalo; y además le inducía a gastar en él y en prostitutos todo el dinero que no tenía: "Recuerdo muy bien la dulzura de pedirle dinero a Oscar", explicó Bosie en sus memorias, "era una dulce humillación y un exquisito placer para los dos". Era una relación enfermiza, aniquilante. Wilde intentó dejar a su amante varias veces; en una ocasión, incluso convenció a la madre de Douglas para que le quitara de en medio y le enviara varios meses a Egipto (cosa que hizo); pero Bosie bombardeó a Wilde con telegramas, cartas, súplicas. Incluso pidió a Constance que intercediera por él, y, cuando nada de esto dio resultado, amenazó con suicidarse (de lo cual tenía antecedentes en la familia). De modo que al final Wilde se ablandó.

Douglas era hijo del marqués de Queensberry, un tipo atrabiliario y medio loco. Bosie y su padre se odiaban, y el chico utilizó a Wilde en su lucha contra el marqués. Un día, Queensberry encontró a su hijo con Oscar en un café. Para entonces, todo Londres conocía la relación; un tipo había publicado una novela en clave, *El clavel verde*, en la que describía, con nombres ficticios, a Bosie y Wilde. Por otra parte, el hijo mayor del marqués se había suicidado tras ser sometido a chantaje por homosexual. Todo esto tenía a Queensberry, como es comprensible, muy sublevado; de modo que escribió una carta a su hijo diciéndole que, o dejaba de ver a Oscar, o le desheredaba. Ante el horror de Wilde, Bosie respondió a esta carta más o menos civilizada con un telegrama que decía: "Eres un enano ridículo". La guerra había comenzado.

Quince días después del estreno de *La importancia de llamarse Ernesto*, el marqués dejó una tarjeta en el club de Oscar que decía: "Para Oscar Wilde, que pasa por (o se hace pasar por) somdomita *(sic)*". A Wilde le habían llamado muchas cosas a lo largo de su vida de notoriedad; le habían insultado y desairado infinidad de veces, y nunca había cometido la torpeza de contestar. En este caso, sin embargo, y sin duda espoleado y aturullado por el furor de Bosie hacia su padre (Bosie inundaba a Oscar de cartas llamándole cobarde), decidió demandar al marqués por difamación.

Que la demanda era un error lo sabía desde el primer momento todo el mundo. Los amigos de Oscar le aconsejaron que huyera a Francia, y Bosie se enfrentó a ellos, amarillo de rabia: no quería que Wilde se marchase. Como era de temer, en el juicio empezaron a salir todos los detalles íntimos: cartas tórridas, contactos con muchachos, dudosas estancias en hoteles. El 5 de abril de 1895, el jurado decidió que Queensberry era inocente: la sala prorrumpió en una ovación. Esa misma tarde, Wilde fue detenido e ingresado en prisión: iba a ser juzgado por conducta indecente.

Todos los amigos de Oscar salieron corriendo para Francia; su casa fue embargada; sus libros desaparecieron de las librerías; su nombre fue borrado del teatro en donde se representaba *La importancia de llamarse Ernesto*; su mujer cambió su apellido y el de sus hijos (a los que Wilde no volvió a ver jamás), aunque acabó perdonando a Oscar e incluso le pasó una pensión vitalicia. En dos meses, en fin, se celebraron dos juicios contra Wilde: infames, sórdidos, espantosos. Pasaron por el estrado los chulos, los chantajistas, las camareras de los hoteles que daban fe de las extrañas manchas de las sábanas. "Es el peor caso que he tenido que juzgar en mi vida", dijo el terrible juez Wills; y se lamentó de no poder aplicar una pena mayor. Sentenció a Wilde a dos años de trabajos forzados. Y todo esto sólo por ser homosexual.

Por entonces, antes de la reforma penitenciaria, las cárceles inglesas eran absolutamente infrahumanas; un hombre de la extrema sensibilidad de Wilde, al que la belleza hacía llorar, estaba abocado a la destrucción en ese medio. Su celda medía cuatro metros por dos y medio, y en ella pasaba, en total soledad, veintitrés horas al día. Dormía en una tabla sin colchón sobre el suelo; no disponía de libros ni de papel para escribir. Tenía prohibido hablar con los otros presos; y durante tres meses le mantuvieron incomunicado, sin visitas ni cartas. Hubo un traslado de una prisión a otra; durante media hora le mantuvieron de pie en el andén de una estación, bajo la lluvia, esposado, vestido de presidiario, mientras a su alrededor se arremolinaba la gente y se reía de él: "Después de aquel incidente, lloré cada día durante un año entero". Así se fue cumpliendo, día a día, el atroz proceso de demolición de un hombre: "Nunca había podido imaginar una crueldad semejante". Su madre murió mientras él estaba en la cárcel y no pudieron despedirse.

Mientras tanto, Bosie, en Francia, hacía de las suyas: intentó publicar en un periódico las apasionadas cartas de amor que Wilde le había escrito durante el proceso (lo cual no podía sino hacer más daño al escritor). Desde su celda, Oscar se espantó; para entonces se había dado cuenta de que Bosie era un frívolo y un malvado: "Durante los tres últimos años he estado enloquecido, y si vuelvo a ver a Douglas le mataré". Bosie, presionado por los amigos del escritor, no publicó las cartas, pero sí un artículo pomposo: "Estoy orgulloso de haber sido amado por un gran poeta que quizá me estimó porque reconoció que, además de un bello cuerpo, yo tenía una bella alma".

Cuando Wilde salió de la cárcel, a los dos años exactos de su condena, estaba enfermo y definitivamente roto. Sus amigos decidieron trasladarle a Francia y reunieron un dinero a escote para él. Al principio Oscar no quería ver a Douglas, pero Bosie volvió a inundarle de histéricas cartas y, cuatro meses después de recuperar la libertad, Wilde se reunió con él en Rouen: "Todo el mundo está furioso contra mí por haber vuelto contigo, pero es que no nos comprenden", dijo el pobre Oscar, volviendo a pintar la ruin personalidad de su amante con los brillantes colores de su imaginación. Pero ahora ya no era como antes; ahora Oscar no era el autor de más éxito, sino un hombre derrotado, un apestado. Ya no *adornaba* nada, así es que, al poco tiempo, Douglas le abandonó: "Cuando mi dinero se terminó, se fue", escribió Wilde a un amigo: "Es, por supuesto, la más amarga experiencia de una amarga vida".

Después de eso, Oscar malvivió aún un par de años con la magra pensión que le pasaba la constante Constance; pero estaba acabado, ya no podía escribir, había perdido todo apego a la vida. En otoño de 1900 se le agravó una dolorosa otitis (un mal contraído en prisión) y acabó convirtiéndose en una meningitis. Sufrió mucho: "No sabía que era tan doloroso morir: pensé que la vida había acaparado todas las agonías". Falleció en brazos del fiel Robert Ross, a los cuarenta y seis años y en la extrema pobreza: "Estoy muriéndome por encima de mis posibilidades". Bosie llegó a todo correr, cerrada ya la caja, para protagonizar el espectáculo: "Desempeñé el papel de cabeza de duelo en su funeral", se ufana en sus memorias. Sólo le faltó bailar descalzo sobre su sangre.

Liz Taylor y Richard Burton
Ni contigo ni sin ti

Cuenta la leyenda que, el día en que Liz Taylor y Richard Burton rodaron su primera escena de amor de *Cleopatra*, el plató se incendió de puro deseo: "Casi podías sentir la electricidad entre ellos". Después de aquello se hizo evidente para todos que ambos actores, cada uno de ellos casado y con hijos, estaban manteniendo un idilio volcánico. En las semanas siguientes, cuando gritaban "¡Corten!" en las escenas sentimentales, Burton y Liz continuaban fundidos el uno en el otro en un furioso abrazo, como si no existiera nada alrededor. "Me hacéis sentir un intruso", se quejó Mankiewicz, el director.

Aquel rodaje fue un desastre: no se cumplían los plazos, los costes se disparaban, el guión estaba sin terminar y el director lo escribía por las noches atiborrado de anfetaminas. *Cleopatra* fue la película más cara de la historia, y también el mayor fracaso: hundió a la productora, la poderosa Fox. En medio de esa catástrofe global comenzó la turbulenta historia de Taylor y Burton. Bien mirado, fue un marco muy adecuado, premonitorio de las futuras devastaciones.

Empecemos por él. Había nacido en Gales en 1925, el penúltimo de los trece hijos de un minero alcohólico. El abuelo también había trabajado en la mina, pero acabó inválido. Ganó una buena suma en las carreras de caballos con un jaco llamado *Black Sambo* y se fue a festejarlo al *pub*. Cuando salió, borracho como una cuba, se lanzó cuesta abajo con su silla de ruedas, al grito de "¡Arre, *Black Sambo*!". Se estrelló contra una tapia y falleció en el acto. Era, en fin, un ambiente bárbaro y muy literario, con mineros que tan pronto bebían hasta desvanecerse como se ponían a recitar poemas de Shakespeare. La madre murió cuando Richard tenía dos años y el niño fue educado por una hermana mayor, Cis, y su marido. Cis le adoraba, el marido no. Fue una infancia difícil y probablemente tan indeleble como la marca de un hierro candente.

Burton siempre llamó la atención por su inteligencia, además de poseer un físico poderoso que atraía a hombres y mujeres. Era bajo, pero robusto, con unos ojos taladradores. Leía mucho, a veces dos o tres libros en una jornada. También bebía mucho: de muchacho mantuvo largo tiempo el asombroso récord de trasegarse un litro de cerveza en diez segundos, y de mayor, en los peores tiempos, llegó a ingerir tres botellas de vodka al día. Cuando no bebía demasiado, era culto, encantador, brillante, esplendoroso. Cuando se pasaba, era violento, pendenciero y atroz. A veces ni siquiera necesitaba emborracharse para que emergiera el perverso Richard: tenía agujeros negros depresivos, momentos endemoniados en los que se odiaba a sí mismo.

Brillante como era cuando era brillante, sin embargo, Richard consiguió que un profesor e intelectual de prestigio, Phillip Burton, se fijara en él y lo prohijara legalmente. Le dio el apellido, y además le hizo llegar en sus estudios hasta la exquisita Universidad de Oxford. También fue Phillip Burton quien advirtió sus cualidades interpretativas y le metió en el teatro. Con su increíble voz de bronce, Richard consiguió el éxito enseguida. Burton disfrutaba de su buena suerte, se gastaba el dinero, se acostaba con todas las mujeres que podía (aunque estaba casado con Sybil, una galesa) y bebía como un náufrago recién rescatado de la balsa, pero nunca se tomó lo de la interpretación como algo demasiado serio ni definitivo. Lo que él ambicionaba de verdad en la vida era ser escritor. Melvyn Bragg, autor de una interesante biografía sobre Burton, incluye en su libro múltiples extractos de los diarios del actor. Son fascinantes: escribía muy bien, aunque en vida apenas si publicó unos cuantos artículos y unos pocos cuentos. Tal vez se exigía demasiado.

En cuanto a ella, nació en Londres, en 1932. La madre era una antigua actriz fracasada; el padre, un tratante de arte. Liz, de recién nacida, era feísima: sufría un desorden glandular y estaba cubierta de pelo negro por todas partes. Enseguida se convirtió, sin embargo, en una belleza extraordinaria, aunque bastante inquietante: a los cuatro años tenía la misma cara que de mayor, y sus fotos producen un aterrador efecto de enana avejentada.

Desde los ocho o nueve años, los padres de Elizabeth, con implacable avidez de dinero y de gloria, se empeñaron en convertir a la criatura en una estrella de cine. La obligaron a hacer el ridículo cantando en audiciones —aunque Liz no sabía cantar— y pasando pruebas interpretativas que falló. Fue rechazada varias veces por los estudios, con toda la crueldad que eso implicaba para la niña: según sus amigas, Liz lloró desconsolada durante días. Pero los padres insistían en seguir presentándola. Al fin consiguieron un contrato para ella, y a los doce años, gracias al éxito de la película *Fuego de juventud*, Taylor se hizo mundialmente famosa. A partir de entonces fue una esclava: los primeros años de los estudios de la Metro, y siempre de su fama y su propia imagen.

Porque Elizabeth Taylor es una mutante, un producto mediático. Acostumbrada a vivir desde la niñez en el ámbito público, su sentido de la privacidad debe de estar bastante trastocado. Ya su primera boda, por ejemplo (se casó a los dieciocho años con un jovenzuelo Hilton, de la familia de hoteleros), fue organizada en todos sus detalles por los estudios de la Metro como si se tratara de una película romántica. Lo malo es que después la realidad se impuso: Hilton era alcohólico, heroinómano y extremadamente agresivo, y tras apenas tres meses de matrimonio y bárbaras palizas, Elizabeth se separó.

Ha de ser muy difícil sobrevivir como persona siendo una estrella de su calibre: todo el mundo parece sentirse autorizado a decir sobre ella cosas intolerables. Y así, mientras Burton es considerado un intelectual (traidor y vendido al estrellato quizá, pero intelectual) y tratado con respeto por sus biógrafos, sobre Liz se publican libros como el de David Heymann, elaboradísimo de datos y de fuentes, pero centrado más en contar que el padre de Elizabeth fue homosexual o que su cuarto marido, Fisher, la "montaba por detrás" de tal o cual modo (alucinante e irrelevante dato) que en analizar la trayectoria de la actriz: apenas si valora su carrera, por ejemplo. A pesar de haber ganado dos *oscars*, a Liz no parece tomarle nadie demasiado en serio. Más que como una persona, es contemplada como un idolillo fabricado en Hollywood.

Tras el fulminante divorcio de Hilton, Liz se casó con el actor inglés Michael Wilding, con quien tuvo dos hijos; volvió a divorciarse y se casó con el productor Mike-Todd (el inventor del Todd-A-O), que se mató al año y medio en un accidente aéreo, tras haberla hecho madre de una niña; y por último le *quitó* el marido a su mejor amiga, Debbie Reynolds, en medio del puritano escándalo de Hollywood: eran tiempos pacatos y mezquinos, y su matrimonio con el cantante Eddie Fisher, el ex de

Debbie, consagró a Liz como una perversa devoradora de hombres. Y todo esto antes de cumplir los treinta años.

La pecaminosa notoriedad que arrastraban ambos (Liz como vampiresa, Richard como donjuán irresistible) hizo que su encuentro estuviera rodeado de gran expectación. Y ellos, como buenos actores, cumplieron con creces con sus papeles de animales feroces. El rodaje fue una locura: *paparazzi* por todas partes, y ellos dos viviendo en primer plano una pasión chisporroteante y un sufrimiento de melodrama antiguo. Porque Burton no quería dejar a su mujer, con la que llevaba quince años; y Liz no quería romper una vez más con otro marido. Se juraron a sí mismos abandonar la relación cuando acabara el rodaje de *Cleopatra*, añadiendo así el incentivo de la imposibilidad a una pasión de por sí tumultuosa. Burton se emborrachaba y maltrataba a Liz de palabra y de obra, y luego pedía perdón, derretido de amor; y Elizabeth se entregaba a él de pies y manos. La Fox amenazó con denunciarles por incumplir la cláusula de moralidad del contrato, el Vaticano les condenó por indecentes, un congresista norteamericano pidió que revocaran el visado de Burton por conducta escandalosa. Liz intentó suicidarse, Sybil intentó suicidarse, Richard se suicidaba un poco todos los días bebiendo asombrosas cantidades de alcohol. Hay pasiones así, basadas en sucesivos espasmos de cariño y de daño. En la crispación y el éxtasis continuos.

Dos años de frenesí más tarde consiguieron sus respectivos divorcios y se casaron. Entonces se abrió una etapa relativamente plácida, los mejores años de su vida en común. Rodaron una decena de películas juntos, con enorme éxito comercial y de crítica. Él consiguió siete nominaciones para el Oscar, pero nunca la estatuilla (era demasiado galés, demasiado borracho, demasiado atípico); ella ganó su segundo galardón con *¿Quién teme a Virginia Woolf?*

Durante los sesenta fueron la pareja más popular del mundo. El público estaba ansioso de ver cómo dos antiguos y famosos *inmorales* se eran fieles el uno al otro año tras año, y se producían tales aglomeraciones a su paso que tuvieron que rodearse de un muro de guardaespaldas, comandados por Bobby La Salle, un ex boxeador que llevaba corbatas de pajarita sujetas con corchetes para que los enemigos no pudieran estrangularle. Además de los guardaespaldas había una muchedumbre de secretarios y ayudantes de secretarios y peluqueros y médicos y modistos y doncellas y *nurses* para los niños y media docena de perros a los que nunca enseñaron a hacer sus necesidades en la calle (fueron manchando las más espléndidas alfombras de los más espléndidos hoteles por todo el planeta). Eran como la corte de un pequeño y arbitrario reino.

Ganaban el dinero a espuertas y se lo gastaban de una manera suntuosa; él le regalaba a ella los diamantes más grandes del mundo, ella le regalaba a él *rolls-royces* de colores diversos. Liz tomaba todo tipo de drogas y bebía mucho, aunque no se le notaba: tenía un alarmante aguante. Él bebía aún más y sí se le notaba. Vivían una vida absurda, pero a pesar de eso debieron de quererse y ser razonablemente felices.

Ella, una mujer triunfadora y lista, hallaba placer en someterse sumisamente a un hombre inteligente y frágil; y él, conocedor de su propia debilidad, hallaba placer en someter a una mujer poderosa. Ésta es una vieja fórmula de pareja que siempre ha funcionado, y a ellos, desde luego, les funcionó. Por otra parte, el maltrato público y las bofetadas y los insultos de Burton en sus momentos endemoniados estaban compensados por una adoración evidente, por el convencimiento de que ella era la mujer más guapa del mundo y la mejor actriz, por la ternura delicadísima de los buenos momentos. En las anotaciones de su diario, Burton deja conmovedora y abundante constancia de su amor por Liz. "No me importaría morirme, pero, ¿qué va a ser de mí, si se muere *ella*? Creo que me convertiría en neumático de autobús y rodaría para siempre sobre piececillos inocentes", escribió cuando llevaban ocho años juntos.

Pero el precario equilibrio se rompió. ¿Cómo se acaban las historias? ¿Hasta dónde hay que retroceder en la arqueología sentimental para saber cuándo empezó lo irrecuperable? En el caso de Taylor y Burton, la frontera del deterioro debió de cruzarse en 1968. Y por razones de salud, entre otras cosas.

El historial médico de Richard y de Liz es una especie de complicado enigma; él padecía múltiples dolores en el cuello y las articulaciones: ¿gota, ciática, artritis? Algo degenerativo y paralizante, desde luego: a los cincuenta años a menudo era incapaz de levantar el brazo derecho. Los biógrafos sugieren, además, que era epiléptico. Desde luego cada vez que dejaba de beber padecía violentos temblores: pero esto es lo habitual en un alcohólico. En cuanto a ella, siempre tuvo una salud horrible. Antes de cumplir los cuarenta años ya la habían operado veintisiete veces, y había estado a punto de morir en cuatro ocasiones. Padeció meningitis, le practicaron una traqueotomía de urgencia, tiene remendada la columna vertebral. Probablemente es bastante hipocondríaca, y probablemente los médicos se aprovecharon más de una vez de una paciente tan rica y tan dispuesta a dejarse rajar. Además siempre manifestó una increíble propensión a los accidentes: caídas, golpes. En los años ochenta, y tras ingresar en la clínica Ford para desintoxicarse, se hizo pública su antigua adicción al alcohol y las drogas, incluida la morfina, la metadona, el Seconal y el Valium: y bajo esta luz, todas esas caídas adquieren un sentido.

El caso es que aquel año de 1968 a Elizabeth le quitaron el útero; a ella, que le gustaban tanto los niños, y que no había tenido hijos con Burton, aquello debió de causarle un terrible trauma. Liz entró en barrena y se entregó a las drogas, a la desesperación y a la bebida; Richard, por su parte, se bebía tres botellas de vodka al día para macerar sus depresiones. "Estoy deseando que acabe esta pesadilla", escribió en sus memorias. Se insultaban, no se soportaban, sufrían como bellacos. Así aguantaron cinco años más. Al fin, en 1973, ella publicó una declaración en la prensa: "Estoy convencida de que sería beneficioso que Richard y yo nos separáramos durante una temporada. Tal vez nos hayamos amado demasiado (…) Rezad por nosotros". Era un texto conmovedor, pero hubiera debido mandárselo por carta a Burton, en vez de airearlo por todos los periódicos. Ya digo que estaba acostumbrada a la impudicia de vivir en público.

Así es que se divorciaron, y luego buscaron otras parejas, intentando rehacer sus vidas. Pero se necesitaban demasiado. En octubre de 1975 volvieron a casarse. Fue un intento espasmódico, fallido: tres meses después se separaron de nuevo. Probablemente la mutua agresividad ya había desgastado para entonces todo lo que hubiera de rescatable en su relación.

El resto es decaer. Él bebió hasta casi reventar: tuvieron que ingresarle seis semanas en un hospital y nunca volvió a ser el mismo. Tuvo otra esposa, una modelo, con la que vivió cuatro años, mientras protagonizaba horrorosas películas, reducía progresivamente sus honorarios, estaba cada día un poco más enfermo e intentaba dejar la bebida con patético esfuerzo. Ella se casó con el senador John Warner y se retiró del cine, engordó como una foca y fue desgraciada como nunca: "Viví en una Siberia doméstica". Luego él se casó con Sally Hay, una periodista, y ella dejó a Warner y regresó al trabajo. Taylor y Burton se seguían telefoneando todos los días, estaban obsesionados el uno con el otro: "Yo sabía que Elizabeth iba a formar parte de nuestras vidas", dijo Sally, juiciosamente. El 4 de agosto de 1984, Burton sufrió una hemorragia cerebral y murió en veinticuatro horas: tenía cincuenta y ocho años. Cuando Taylor se enteró se puso como loca. "Me imaginaba que la noticia le iba a doler", explicó su novio del momento, el abogado mexicano Victor Luna, "pero no esperaba que se fuera a poner absolutamente histérica. No conseguí que dejara de llorar. Estaba por completo fuera de control". Sally Hay le pidió que no acudiera al entierro para que no se formara un circo con la prensa, y ella aceptó. De modo que fue sola al cementerio, es decir, sola pero con una manada de *paparazzi* detrás y con sus cuatro guardaespaldas, que intentaron protegerla de las miradas ajenas abriendo unos grandes paraguas sobre ella: y en ese mínimo, miserable pedacito de privacidad lloró Elizabeth Taylor a Richard Burton durante diez minutos. Habían sido ricos, disparatados y famosos; pero, como casi todos, a veces se quisieron bien y a veces se quisieron mal; y, a la postre, hicieron simplemente lo que pudieron.

Evita y Juan Perón
Entre la obsesión y el folletín

Aunque pertenecen a un pasado muy reciente, hablar de Evita y de Perón supone aventurarse en aguas turbias. Pocas veces he encontrado tal enredo de disparates, mitos y falsedades en torno a una persona como el que se cierne sobre Eva Duarte y, por extensión, sobre su marido. Evita ha sido amada y odiada de manera frenética, y tanto sus partidarios como sus enemigos han llenado los anales de mentiras. También engañaba Perón, o el régimen peronista, abundante en patrañas demagógicas; y, por añadidura, mentía la propia Evita, que fue una gran mitómana. Era una mujer que se inventó a sí misma y que acabó creyendo su propia ensoñación. Por ejemplo, nunca dijo a nadie, ni siquiera a Perón, que era hija bastarda; y para ocultar este hecho mandó falsificar su partida de nacimiento, quitándose de paso un par de años.

Eva nació en 1919 en Los Toldos, un pueblecito pobre y enterrado en el polvo de las pampas. Su madre, Juana, medio india y medio vasca, era la amante reconocida de Juan Duarte, un pequeño propietario de la zona, por supuesto casado y con familia; Juana tuvo con él un hijo y cuatro hijas, Eva la más pequeña. La niña sólo contaba seis años cuando el padre murió; los cinco bastardos fueron vestidos de luto y enviados a la casa del finado, pero la viuda les impidió la entrada. Por fin, y al cabo de muchas lágrimas, les dejaron pasar unos instantes a besar al muerto. Todas estas humillaciones se fueron clavando a fuego en la memoria de Eva.

Y hubo muchas más: más indignidades, más vergüenza. Años de penurias económicas, y la sensación de ser una apestada, porque muchas de las chicas de la escuela evitaban su amistad *poco recomendable*. La niña Eva era morena de pelo, de piel pálida, callada, muy mediocre en sus estudios, totalmente anodina. Quería ser actriz (o más bien estrella), así es que a los quince años abandonó su casa y se fue a Buenos Aires. Dicen que se escapó con Magaldi, un cantante de tangos cuarentón; es posible, pero no ha sido demostrado. En la capital se instaló en una mísera pensión de la calle Corrientes; y empezó otro calvario. Fueron años de hambre y sordidez.

Muchos aseguran que en esa época, mientras buscaba papelitos como actriz, se dedicó a la prostitución. Sin duda una chica de su edad, tan ansiosa de éxito, tan ignorante y sola, debió de pasar momentos muy amargos. Incluso Fraser y Navarro, los biógrafos más rigurosos de la Duarte, reconocen que es imposible saber de qué vivió Eva en esos primeros años, y cuentan algunos hechos espeluznantes. Como una terrible escena con Surero, un empresario teatral con cuya compañía ella se había ido de gira a Montevideo. Al regreso a Buenos Aires, Surero comenzó a ensayar una nueva obra. Evita fue al teatro, preguntó por él; el empresario salió, indignado, y en el vestíbulo, delante de decenas de personas, comenzó a gritarle: "Qué haces aquí, por qué me molestas". "Sólo vengo a ver si había trabajo para mí", balbuceó la pobre Eva. "Déjame en paz", bramó él: "Que me haya acostado contigo no significa nada". Es una pequeña historia de abuso y de dolor.

Todo ese veneno se le metió dentro, convirtiéndola en una mujer extremadamente rencorosa; pero también la hizo fuerte. En 1937, a los dos años de haber llegado a Buenos Aires, sin haber cumplido aún los dieciocho, Evita ya era una endurecida superviviente que había aprendido a manejar a los hombres en su provecho. El primero fue el dueño de la revista de cine *Sintonía*, un tal Kartulovic, de cuarenta y siete años; gracias a él consiguió su primer papelito en una película. A partir de entonces Eva supo muy bien a quién arrimarse, cada vez apuntando más arriba. Por ejemplo, se convirtió en la amiga de un escritor que redactaba seriales para la radio, y así comenzó a hacer culebrones radiofónicos, tremendos melodramas que empezaron a darle cierta celebridad.

En 1943 hubo en Argentina un golpe de Estado y los militares subieron al poder. Para entonces, Eva era una popular actriz de folletines en radio Belgrano, y la amiga del coronel Imbert, el nuevo ministro de Comunicaciones. El *cerebro* del golpe militar, sin embargo, era un oficial alto y espeso de carnes llamado Juan Perón; Evita le conoció en un espectáculo benéfico en enero de 1944, y, con fino olfato, se lo ligó inmediatamente: esa misma noche salieron de allí juntos. Ella tenía veinticuatro años, él cuarenta y ocho. En la "autobiografía" de Evita, un texto acartonado y mentiroso escrito por diversos *negros*, Eva sostiene que aquel primer día le espetó a Perón: "Si, como tú dices, la causa del pueblo es tu propia causa, nunca me alejaré de tu lado, hasta que muera, por más grande que sea el sacrificio".

Casi todo lo que rodea a Evita suena así de grandilocuente y embustero: sus discursos (redactados por uno de los guionistas de melodramas de la radio), su autobiografía, sus gestos públicos… Pero el caso es que, por debajo de toda esa palabrería huera, estaban las terribles condiciones sociales de la Argentina de entonces, el hambre y la miseria de millones de seres humanos; y estaban también los recuerdos personales de la propia Eva, las humillaciones y la angustia. Todo ese sufrimiento, el público y el privado, eran auténticos; y, en una extraordinaria y casi perversa mezcla entre el dolor real y la desmesura fingida del melodrama, Eva Duarte, actriz de seriales radiofónicos, hizo de su vida el mejor y más triunfante culebrón.

Perón, hijo de un campesino, era un viudo sin hijos. Le gustaban las niñas: a la muerte de Evita, por ejemplo, convivió con Nelly, de trece años. También en 1944, cuando Eva y él se conocieron, el militar vivía con una adolescente a la que presentaba como su hija, pero que en realidad era su amante. La correosa y superviviente Eva enseguida tomó cartas en el asunto: metió las pertenencias de la chiquilla en una camioneta y despachó a la niña para su pueblo. Acto seguido, Evita triunfadora se mudó a casa de Perón. Ya no volverían a separarse.

Comenzó entonces la carrera de la pareja hacia el poder, entre ruidos de sables, rumores de golpes y confusas situaciones políticas dignas de una opereta. Hasta que al fin Perón fue detenido. Para entonces llevaban año y medio juntos, y dicen que fue aquí cuando empezó a mostrar Evita sus facultades: se supone que organizó manifestaciones, que buscó apoyos sindicales y levantó en pie de guerra a los *descamisados* en apoyo a su amante. A los ocho días Perón salió libre: e inmediatamente se casó con ella.

Hay muchos que aseguran que las relaciones entre el general Perón y Eva no tenían ningún ingrediente sexual, sino que eran un acuerdo de intereses. Si a Perón le gustaban las niñas, es posible que no le atrajera demasiado Evita, que fue convirtiéndose progresivamente en un personaje cada vez más duro, más místico y asexuado. Pero sin duda el general la quería y la necesitaba, sobre todo al principio: "Ahora sé lo mucho que te amo y que no puedo vivir sin ti", le escribió mientras estaba detenido. Perón, mucho más culto, más cínico, más flexible y más débil que ella, debió de quedarse fascinado con el ciego ardor de Evita, con su total entrega. Ella era pura lealtad, una fuerza bruta enamorada.

Y es que la historia de Evita y Perón es la historia de una obsesión: ella le adoraba hasta extremos patéticos, conmovedores, patológicos. Le idolatraba porque se había casado con ella. Porque la había respetado y la había hecho respetable. Porque le había ofrecido a ella, la antaño apaleada Evita, un lugar en la historia, un rutilante melodrama con el que redimirse. Y así, los discursos de Eva están llenos de estrafalarios elogios a Perón y de masoquistas proclamas de la propia menudencia: ella es siempre tan poquita cosa, y él siempre tan excepcional... "Él es bueno con nosotros. Él es nuestro sol, nuestro aire, nuestra vida toda."

Y no eran sólo los discursos públicos: en sus cartas privadas, reiterativas, carentes de forma y pespunteadas de faltas gramaticales, Evita se embarca en torrenciales, folletinescas proclamas amatorias. "Te amo tanto que lo que siento por ti es una especie de idolatría", escribió Evita a Perón en 1947, cuando partió de viaje oficial hacia Europa: "Te aseguro que he luchado muy duro en mi vida con la ambición de ser alguien y he sufrido mucho, pero entonces tú viniste y me hiciste tan feliz que pensé que era un sueño y como no tenía nada más para ofrecerte que mi corazón y mi alma te lo di a ti entero pero en estos tres años de felicidad, más grande cada día, nunca he dejado de adorarte ni una sola hora...". Y así sigue durante varias líneas más. Tanto amor, tanto fanatismo (ella proclamó múltiples veces que era fanática de Perón) debió de terminar siendo un poco opresivo para él.

Hay varias etapas en la representación de Evita de su propio mito. Primero, *starlette* jovencita, vestía muchos brillos, grandes joyas, aparatosos peinados *Pompadour*, opulentos escotes. Eso fue hasta alcanzar la presidencia (Perón llegó al poder en 1946). Luego, tras el viaje a Europa de 1947, Evita se hizo más elegante, compró joyas mejores, vistió carísimas ropas de Dior. Sin embargo fue a partir de la creación de su Fundación de Beneficencia, en 1948, cuando logró su encarnación final de Santa Evita: ahora vestía trajes rigurosos y serios, y peinaba austeros e impecables moños.

Perón, partidario de Mussolini, subió al poder con un programa nacionalsocialista. La situación de injusticia en Argentina era a la sazón tan descomunal que muchas de sus reformas fueron fundamentales: decretó salarios mínimos, antes inexistentes; cuatro semanas de vacaciones al año, permisos por enfermedad... Era todo para el pueblo pero sin el pueblo, porque no se permitía la libertad de expresión, ni la huelga, ni la menor crítica. Expulsaron a estudiantes y académicos de las universidades, metieron en prisión a los líderes sindicales que se resistían a obedecer las consignas de la todopoderosa (y peronista) Central General del Trabajo... Los medios de comunicación estaban totalmente amordazados (Evita era propietaria de cuatro radios y dos periódicos); la gente iba a la cárcel por criticar a Perón en los cafés, e incluso los teléfonos estaban intervenidos, como reconoció el Gobierno con una nota delirante: "Los teléfonos no deben abandonarse al uso de los irresponsables y los imprudentes. Emplear un aparato telefónico para insultar o para ofender es un crimen que merece ser castigado por la justicia. El largo brazo de la ley, así como el Departamento General de Correos y Telégrafos, cuidan de la utilización de los teléfonos, para que esta noble y útil función social no sea maltratada".

En toda esta represión, la inflexible Evita jugó un papel importante. Vengativa como un elefante, perseguía sin tregua a todo aquel que les criticara: unos cadetes de Marina fueron expulsados de la Escuela, por ejemplo, por haber tosido al aparecer Evita en un noticiario cinematográfico. Por otra parte, las crecientes acusaciones de corrupción se centraban en ella. Primero estaba el flagrante nepotismo de Eva: su hermano Juan, antaño vendedor de jabones, pasó a ser el secretario privado de Perón; la hermana mayor obtuvo el control político de la ciudad de Junín; un cuñado fue elegido senador; otro fue nombrado gobernador de Buenos Aires, y el tercer cuñado, que era ascensorista, se convirtió en el director general de Aduanas.

Pero aún era peor el agujero negro de la Fundación de Beneficencia. La Fundación de Evita recibía enormes cantidades de dinero: de la Lotería, de los sindicatos y de las aportaciones *voluntarias* de las empresas (en realidad una especie de extorsión, porque, si no colaboraban, el Gobierno cerraba la empresa con una excusa u otra). Nunca hubo una contabilidad formal de todas esas sumas astronómicas, y muchos aseguran que hubo importantes desviaciones de fondos. Desde luego Evita poseía joyas fabulosas que jamás se hubieran podido costear con el sueldo de su marido. Por no hablar de sus ropas: cuando murió, en sus armarios había más de 100 abrigos de visón, 400 vestidos, 800 pares de zapatos.

Pero Eva también participó, y de forma espectacular, en la distribución social de la riqueza que, tras la guerra mundial, había afluido a espuertas a la Argentina. A través de la Fundación, Evita creó más de 1.000 orfanatos, 1.000 escuelas, 60 hospitales, innumerables centros para ancianos; y al año distribuía 400.000 pares de zapatos, 500.000 máquinas de coser, 200.000 cazuelas. Una labor ingente. Ella misma se dedicaba a recibir a sus pobres por las tardes; repartía billetes por doquier, regalaba camas, penicilina, dentaduras postizas. Eran escenas valleinclanescas; rodeada de dolientes y de necesitados, Eva besaba a los leprosos y a los sifilíticos, y mostraba auténtico entendimiento, auténtico cariño por todos ellos: debía de ser tan gratificante para ella (para la pequeña, apaleada Eva) verse enaltecida en la mirada de los miserables... Y todo esto lo hacía envuelta en visones y cubierta de diamantes legendarios: "Ustedes también tendrán un día ropas como estas", les decía, tal vez creyéndoselo, a los desheredados de la Tierra. Todo ese delirio no podía durar.

Y no duró. No duró el poderío económico de Argentina: despilfarrada, malversada, quebrantada por una sequía atroz y por la emigración masiva de los campesinos a la ciudad, la riqueza se agotó rápidamente. Acabado el dinero, no duró el idilio de Perón con sus *descamisados*. Y, por último, tampoco duró la salud de Eva.

Su primer médico, Ivanissevich, ha declarado que descubrió que Evita tenía cáncer de útero en enero de 1950, y que le aconsejó una histerectomía. Pero que ella se negó a escucharle, aduciendo que todo eso no eran sino maniobras de sus enemigos para apartarla de la política. Es una historia extraña y paranoica, pero tal vez sea cierta: Evita mantenía una relación muy rara con su cuerpo, y no se puede decir que tuviera una personalidad muy equilibrada. El caso es que siguió adelante con su trabajo, cada vez más crispada, más mística, más fanática. Huyó de los médicos durante casi dos años, pero al final se colapsó. A partir de ahí vinieron diez meses atroces: sufría espantosos dolores y tenía el cuerpo achicharrado por la brutal radioterapia que se aplicaba entonces.

Dicen que Perón no cuidó de ella en esos meses últimos, que incluso la evitaba, pero esto no parece ser cierto, o no del todo. Perón quedó aterrado al saber que Eva padecía un cáncer de útero, porque su primera mujer había muerto de lo mismo; tal vez su propio miedo le impidió estar a la altura de las circunstancias, pero hay testigos de que acompañó a su esposa hasta el final. Todo acabó el 26 de julio de 1952; Evita acababa de cumplir treinta y tres años y pesaba tan sólo treinta y cinco kilos.

Esta vida tan extraña tuvo una estrambótica coda. El cuerpo de Evita fue embalsamado por el doctor Ara, un patólogo español que, dicen, se quedó prendado del cadáver. Durante tres años, Evita permaneció en la sede de la CGT, a la espera de que construyeran un mausoleo faraónico. Pero en 1955 Perón fue arrojado violentamente del poder por otros generales, y los nuevos dirigentes hicieron desaparecer el cadáver. Durante un tiempo lo guardó en su casa, secretamente, el mayor Antonio Arandia, que dormía con una pistola bajo la almohada por temor a que se enteraran los peronistas. Una noche oyó ruido: disparó y mató a su propia mujer, embarazada. Después de eso el cuerpo fue metido en un cajón rotulado como "material de radio"; estuvo algunos años dando tumbos por el mundo, y al cabo lo enterraron con nombre ficticio en un cementerio de Milán. Además había dos o tres copias exactas del cadáver, hechas por un escultor a instancia de Perón; y una de estas copias fue exhibida durante cierto tiempo en un *sex-shop* de Hamburgo. En 1972, Evita fue desenterrada y devuelta a Perón, que a la sazón vivía en Madrid. Pero cuando el general regresó en 1973 a Buenos Aires para ser presidente, se dejó a la muerta en España. Perón falleció en 1974, y su viuda, Isabelita, hizo traer el cadáver a su país por razones publicitarias. Por último, y tras el golpe militar de 1976, la pobre Evita fue enterrada de nuevo en el cementerio de La Recoleta, en Buenos Aires. Ahí sigue aún, incorrupta y cerúlea, tan descabellada en su muerte como en su vida.

Robert Louis Stevenson y Fanny Vandegrift
Como niños en un cuarto oscuro

No acabo de entender por qué los biógrafos oficiales de Robert Louis Stevenson, el genial autor de *La isla del tesoro* y de *El extraño caso del Dr. Jekyll y Mr. Hyde*, son siempre tan feroces con Fanny, su esposa, cuando todo parece indicar que fue una mujer extraordinaria. Tal vez les desconcierte la heterodoxia de Fanny, su evidente rareza; y el hecho de que acabara siendo una deliciosa *vieja dama indigna* y que recorriera el mundo, viuda ya de Stevenson, con su último amante, el dibujante, guionista de Hollywood y dramaturgo Ned Field, un chico listo y guapo que se enamoró de ella cuando Fanny tenía sesenta y tres años y él veintitrés.

Ned y Fanny permanecieron juntos durante más de una década, hasta que ella falleció, en 1914, a los setenta y cuatro. Entonces Ned escribió un emocionado texto necrológico en el que decía que Fanny "desprendía un perfume de salvajismo", y que era "la única mujer en el mundo por la que yo podía imaginar que un hombre estuviese dispuesto a morir". Debía de tener razón: muchos años antes, Robert Louis Stevenson había estado a punto de morir por ella.

Fanny Vandegrift había nacido en 1840 en la civilizada Costa Este norteamericana, hija de un granjero y comerciante. Era una menudencia de persona, apenas metro y medio de mujer, muy morena de pelo y de piel, con los ojos muy negros y los cabellos rizados: su aspecto siempre fue exótico y algo mestizo, la antítesis de la delicada, transparente belleza victoriana. En sus retratos primeros, Fanny es una muchachita de rasgos regulares y aspecto obstinado, casi cerril. Después, en la madurez, tras reducir su melena a unos rizos muy cortos (un peinado rompedor para la época), ataviada con trajes amplios y adornada con extraños collares, Fanny resultaba mucho más atractiva: "De joven era bonita, de mayor era hermosa".

Tenía problemas psicológicos. Stevenson también. Probablemente ésa fue una de las bases de su mutua adoración: los abismos de la mente pueden ser muy seductores, sobre todo para aquellas personas que están situadas en los confines. Había antecedentes de locura en las dos familias, y tanto el padre de Fanny como el de R. L. S. murieron medio dementes. Ellos siempre temieron acabar igual.

Robert Louis, hijo único de un rico ingeniero de Edimburgo, sufría gravísimos problemas de salud desde la cuna. Fiebres gástricas, reúma, bronquitis, oftalmías que le dejaban medio ciego durante temporadas y unos pulmones debilísimos. Medía un metro y setenta centímetros y, en sus mejores momentos, sólo llegó a pesar cincuenta kilos: era un ser esmirriado, un puro perfil. En cuanto a su estado mental, de joven padeció alucinaciones auditivas, y sus nervios eran tan frágiles que se le saltaban las lágrimas por cualquier cosa: "Me gustaría que no se echara a llorar en el momento que uno menos se lo espera", se quejaba Fanny de él cuando se conocieron. Con el tiempo, y sobre todo, estoy segura, con su escritura, R. L. S. se serenó bastante.

Como Fanny carecía del recurso salvador de la literatura, sus altibajos anímicos perduraron durante toda su vida. Tuvo varias crisis mentales graves, episodios de uno o dos meses de duración con delirios, cegueras nerviosas, mudez transitoria, pérdidas de memoria. Algunos médicos han querido ver en ella síntomas de esquizofrenia, pero en realidad los periodos de total colapso fueron pocos y siempre tuvieron una causa exterior. Por otra parte esta tendencia hacia el desequilibrio no le impidió desarrollar una vida normal. Qué digo normal: una vida plena y asombrosa.

Fanny siempre fue una mujer de armas tomar. Se casó a los dieciséis años con Sam Osbourne, un abogadillo guapo, débil y aventurero que marchó a buscar fortuna al Oeste y compró una mina de plata en las montañas de Nevada. Allí, en la frontera salvaje, en una región en donde sólo había cincuenta y siete mujeres blancas para cuatro mil hombres, entre violentos mineros y amenazadores indios shoshones, Fanny vivió una ruda existencia de pionera. Fumaba sin parar, manejaba los naipes como un tahúr y llevaba al cinto un enorme pistolón con el que era capaz de volar la cabeza de una serpiente cascabel a varios metros de distancia.

La mina resultó ser un total fracaso, así como todas las demás locas empresas que acometió el marido. Fanny aguantó al desastroso, atractivo y mujeriego Sam durante casi veinte años; cuidó de él y de los tres hijos que tuvieron; plantó huertos en mitad del desierto, fabricó los muebles de la casa, confeccionó la ropa de la familia, consiguió hacer de la vida un lugar habitable. Y todavía tuvo tiempo para leer e instruirse de modo autodidacta, y para cultivar pasatiempos creativos, como hacer daguerrotipos.

Para 1874 Fanny ya no aguantaba más a Sam, que paseaba abiertamente a sus amantes. A esas alturas vivían cerca de San Francisco, y Belle, la hija mayor, que había cumplido dieciséis años y era físicamente igual a Fanny (siempre mantuvieron, Fanny y Belle, una difícil relación de amor y rivalidad), empezó a estudiar dibujo en la academia de Bellas Artes. Fanny, que tenía un temperamento artístico (le gustaba pintar, le gustaba escribir), decidió estudiar con ella. Eso cambió su vida, porque en la academia encontró un mundo a su medida. Un mundo de gente poco convencional, distinta.

Fue tal la emoción de este descubrimiento que, tras convencer al reacio Sam, Fanny y Belle se fueron a Europa a estudiar pintura. Llegaron a París en la primavera de 1875, acompañadas por los dos hijos pequeños: Lloyd, de siete años, y Hervey, el favorito de su madre, de cuatro. Se suponía que Sam les iba a mandar dinero desde San Francisco, pero muchos meses no recibieron nada.

Aquel primer año en París fue terrible: vivían en la miseria, muertos de hambre y frío. Belle asistía disciplinadamente a la academia todos los días, pero Fanny tuvo que abandonar muy pronto las clases porque Hervey, su hijo pequeño, enfermó de gravedad. Sin dinero, sin comida y sin amigos, el niño fue empeorando irremisiblemente. Tenía al parecer tuberculosis ósea y falleció el 5 de abril de 1876, tras una agonía lenta y espantosa: los huesos se le rompían y le atravesaban la carne. La carta en la que Fanny cuenta a un amigo el suplicio y la muerte de Hervey es uno de los textos más hermosos y probablemente el más atroz que he leído en mi vida: resulta difícilmente soportable (la incluye Alexandra Lapierre en su interesantísimo libro sobre la mujer de Stevenson). Quiero decir que es imposible que alguien pueda sobrevivir indemne a tanto horror. Fanny, desde luego, tuvo uno de sus colapsos tras la muerte del niño: lo cual no es nada raro. Lo extraordinario es que, dos meses después, fuera capaz de estar de nuevo sobre sus pies.

Pero es que Fanny estaba llena de una alegría feroz. En esto también se parecía a Stevenson: pese a todas sus dolencias y a su fragilidad, el escritor poseía una increíble capacidad para ser feliz. Aunque una y otro estuvieran perseguidos por la idea de la muerte, sabían disfrutar de la existencia intensamente. Eran dos espíritus extremados y melodramáticos, dados a la risa y a las lágrimas.

Se conocieron en julio de 1876, poco después del fallecimiento de Hervey, en un pueblecito francés, Grez, en donde veraneaba una colonia de artistas bohemios y extranjeros. Fanny y Belle eran las únicas pintoras, las únicas mujeres. Stevenson quedó prendado desde el primer momento de ella, pero a Fanny le llevó unos cuantos meses enamorarse de él. Fanny tenía treinta y seis años; Robert Louis, veinticinco. Era un joven delgadísimo que vestía unas absurdas chaquetas de terciopelo ajado; parecía un tipo raro, pero, cuando se ponía a hablar, embelesaba.

Volvieron a encontrarse en Grez al verano siguiente y se hicieron amantes. En los comienzos del romance, Robert Louis escribió un ensayo titulado *Del nacimiento del amor*: "Y ahora es la historia de dos seres que se aventuran paso a paso en el amor, como dos niños en un cuarto oscuro". Probablemente se reconocieron en su mutua excentricidad, en esa heterodoxia que los dos compartían y que tal vez les hubiera llevado a la marginación si Stevenson no hubiera sido un genio literario.

Por muy extravagante y poco convencional que fuera Fanny, sabía que su relación con Stevenson era una locura. Él tenía once años menos que ella, estaba muy enfermo, carecía de dinero y posición. Ella tenía dos hijos a los que mantener, y además las mujeres decentes no se podían comportar de esa manera. Sam le mandó un ultimátum y Fanny optó por la sensatez y regresó con su marido en agosto de 1878. Pero a los pocos meses se volvió *loca*: de nuevo la depresión y las alucinaciones. En julio de 1879, desesperada, le mandó un telegrama a Stevenson. Aunque estaba algo enfermo, el escritor decidió ponerse en camino inmediatamente. Pidió dinero a su padre para el pasaje, pero éste no sólo no le dio una sola libra, sino que además le prohibió que se fuera y por último le desheredó. Recurrió entonces a sus amigos, pero ninguno quiso ayudarle: no les gustaba esa rara relación con una señora tan mayor y tan casada, y temían que el viaje perjudicara fatalmente la salud de Robert. Al fin R. L. S. consiguió un pequeño adelanto por unos artículos periodísticos y partió en agosto hacia Estados Unidos, sin apenas dinero para comer. Tardó veintitrés días, once de barco y doce de tren, en alcanzar Monterrey, donde estaba Fanny. Cuando llegó había adelgazado ocho kilos, tenía sarna y estaba fatalmente tuberculoso. "Todavía me parece escuchar el aullido de mi madre al verle, las risas, las lágrimas, la enloquecida felicidad del reencuentro", explicó en sus memorias el hijo de Fanny.

Sam puso muchas dificultades para el divorcio, de modo que R. L. S. y Fanny tuvieron que permanecer separados y sin verse durante los meses que duró el proceso. Para no preocupar a su amante, Stevenson no le contó la terrible situación en que se hallaba. Lo cierto es que en dos ocasiones estuvo a punto de morir de pura inanición; la primera vez fue rescatado por unos vaqueros que le encontraron delirando en mitad del desierto, y la segunda le salvó su casero, que forzó la puerta de su cuarto al ver que llevaba dos días sin salir. Por cierto que Fanny agradeció tanto el gesto de este hombre que más tarde le pagaría una renta vitalicia.

En enero de 1880 Fanny consiguió el divorcio; en febrero Stevenson pesaba cuarenta kilos y se estaba muriendo. Empezó a padecer masivas hemorragias pulmonares que le impedían el habla. Fanny bajaba a los mataderos para conseguir tazones de sangre que luego le hacía beber y le cuidaba día y noche. No tenían un solo dólar; angustiada, cablegrafió a los padres de Stevenson. Éstos contestaron inmediatamente: perdonaban al hijo y enviaban un dinero salvador. Para el mes de mayo R. L. S. se había restablecido lo suficiente como para que pudieran casarse, aunque todos pensaban que el novio iba a morir inmediatamente: el regalo de boda del abogado de Fanny fue una urna funeraria.

Regresaron a Europa, y Fanny logró que sus suegros la adoraran. Pese a ello, los primeros ocho años de matrimonio fueron terribles. Torturado por las hemorragias pulmonares, Stevenson era un enfermo terminal. De esa época de pesadilla data el odio que los amigos de R. L. S. desarrollaron por Fanny. Porque ella era una enfermera celosa: obligaba a los visitantes a enseñar el pañuelo, y no dejaba pasar a nadie que estuviera mínimamente acatarrado. Era una actitud extremada pero en el fondo juiciosa, porque el más mínimo contagio desencadenaba hemorragias que podían ser fatales. Pero por entonces no se había demostrado todavía que las enfermedades se podían transmitir a través de microbios, de modo que los amigos la consideraron una loca.

Pese a su condición desesperada, Robert Louis consiguió escribir en estos años sus dos obras más importantes: *La isla del tesoro* y *El extraño caso del Dr. Jekyll y Mr. Hyde*. Ambos libros tuvieron un éxito fulminante y le consagraron de la noche a la mañana como uno de los escritores más famosos del planeta. Por cierto que Fanny criticó la primera versión del *Dr. Jekyll* como carente de profundidad alegórica, y fue ella quien sugirió que reforzara la dualidad del personaje. Stevenson montó en cólera, la insultó, se indignó (tenían los dos un carácter muy fuerte y discutían mucho); pero al poco rato regresó a la sala y le dio la razón; y, tras arrojar el borrador al fuego, volvió a reescribir la novela entera. Por entonces, en los primeros y fundamentales años, Fanny era su mejor consejera literaria.

Robert Louis siempre había tenido el ensueño de navegar por océanos exóticos, así es que en 1889 Fanny decidió alquilar una goleta y viajar a los mares del Sur. El escritor parecía tan enfermo cuando subió a la nave en San Francisco que el capitán creyó que no aguantaría vivo ni siquiera un mes. Pero el barco y el calor tropical hicieron milagros: Stevenson dejó de padecer las horribles hemorragias. Siguió siendo un hombre enfermo, pero ya no era un inválido. Visitaron las islas Marquesas, Tahití, las islas Gilbert. Trataron con el civilizado rey Kalakaui, de Hawai, y con el salvaje cacique Tembinok, cuyos guerreros anclaban sus canoas con máquinas de coser Singer. Navegaron por archipiélagos remotos, cuyos habitantes acababan de dejar el canibalismo. Cada vez que recalaban en Sidney (Australia), Stevenson volvía a padecer las hemorragias. Pronto comprendieron que no podrían regresar a Europa nunca más.

Así es que compraron ciento treinta hectáreas de selva en Samoa, y Fanny logró la increíble proeza de limpiar el terreno y levantar allí una gran casa. Volvió a coser cortinas y a fabricar muebles; ideó y construyó una canalización que les abastecía de agua corriente, e incluso hizo con sus propias manos una pista de tenis para sus hijos. Ese paraíso fue llamado *Vailima*; y Fanny, una vez que lo terminó, se volvió a derrumbar en una de sus crisis mentales. En la peor.

No fue sólo agotamiento. Para entonces Stevenson ya no la consultaba literariamente. Robert Louis había hecho suya la causa de los independentistas samoanos y empezó a publicar en *The Times* encendidas cartas de denuncia del imperialismo americano y británico. Esta postura era compartida por Fanny, pero ella temía, con bastante razón, que Stevenson estuviera descuidando su talento literario. Los enfrentamientos abundaban entre ellos, y R. L. S. empezó a tacharla de "campesina ignorante"; y, lo que es peor, escogió a Belle como confidente y secretaria. Fanny creyó morir de celos. Enloqueció de nuevo: no quería comer, ni siquiera quería fumar, no hablaba, no se movía. Stevenson se aterró: la amaba mucho, pese a las discusiones. La cuidó con mimo y con paciencia, y poco a poco Fanny volvió en sí.

Los últimos tiempos de su convivencia están entretejidos con la guerra indígena. Los samoanos amigos de Stevenson fueron derrotados por los ingleses y encerrados en la prisión de Apia, cerca de *Vailima*. Valerosamente, Robert Louis y Fanny les llevaron comida y asistencia médica. Cuando los indígenas fueron liberados, un año más tarde, construyeron, como regalo a Stevenson, una carretera a través de la selva hasta *Vailima*. Fue terminada en octubre de 1894 y la llamaron la Ruta de la Gratitud. Para entonces, R. L. S. tenía cuarenta y cuatro años y Fanny cincuenta y cinco. Mes y medio después, el 3 de diciembre, Stevenson se levantó temprano, como siempre, y pasó toda la mañana escribiendo. Aquel día Fanny estaba preocupada: tenía el presentimiento de que iba a suceder algo terrible. A las seis de la tarde, Stevenson se puso a hacer mayonesa para la cena junto a Fanny, bromeando para ver si le hacía olvidar sus malos presagios. De repente dio un grito y se echó las manos a la cabeza: "¡Qué dolor!", exclamó;

y se desplomó sin sentido sobre el suelo. Había sufrido una hemorragia cerebral y murió en un par de horas.

Fue enterrado por sus queridos samoanos en lo alto del monte Vaea, encima de *Vailima*, y para llegar hasta allí los nativos tuvieron que trabajar toda la noche abriendo una trocha a machetazo limpio. Años después, en 1915, Belle y Ned enterraron también allí las cenizas de Fanny. Por cierto que para entonces Belle (de cincuenta y seis años) se había casado con Ned (de treinta y cuatro): a él la hija quizá le recordara a su amada Fanny, ella tal vez siguiera compitiendo con su madre, incluso póstumamente. Fue una pareja estable, en cualquier caso: permanecieron juntos durante veintitrés años, hasta la muerte de él.

En la tumba sobre el monte Vaea, en fin, está escrito el poema que R. L. S. dedicó a su mujer: "Maestra y ternura, camarada y amante, esposa / compañera de ruta / fiel hasta el final del viaje / alma libre, corazón enamorado de absoluto". Aunque acosados por la enfermedad y por el dolor, Robert Louis y Fanny Stevenson supieron vivir con intensidad y alumbraron con ráfagas de luz la oscuridad del cuarto.

Arthur Rimbaud y Paul Verlaine
Veneno puro

Cuando se conocieron, Paul Verlaine tenía veintisiete años, estaba casado y era un poeta bastante famoso, mientras que Jean Arthur Rimbaud tenía dieciséis
años y era un oscuro provinciano que escribía versos tur-
badores. Se encontraron en París, en septiembre de 1871;
dos años más tarde, Verlaine intentó matar a tiros a Rimbaud. Entre medias se extiende la agonía de una pasión
perversa y degradante. Fueron, como dijo Rimbaud,
compañeros de infierno.

Rimbaud siempre dio miedo. Incluso de pequeño, cuando era un alumno brillante y ejemplar que ganaba todos los premios escolares; pese a su docilidad, los
profesores le temían: "Es muy inteligente, pero acabará
mal". Asustaba porque era definitivamente extraño: la
locura profunda siempre inquieta. Y Rimbaud, desde luego, no era normal: ni por su mente prodigiosa ni por su
intensidad. Había nacido en Charleville en 1854, hijo
de una campesina y de un oficial de infantería que abandonó a su mujer y sus cuatro hijos cuando Arthur tenía
seis años. No volvieron a verle.

La excentricidad psíquica le venía a Rimbaud por
vía materna: sus dos tíos habían acabado trastornados,
y su propia madre, Vitalie, era una señora rarísima e incapaz de manifestar el menor afecto. Sin padre, sin dinero
en la casa y en manos de esa mujer frustrada y fronteriza,
la niñez de Rimbaud debió de ser penosa. Hasta los quince

años fue, ya está dicho, un niño modelo. Era tan hermoso que cortaba la respiración: andrógino, delicado, con grandes bucles trigueños y unos ojos claros inolvidables. Un ángel, mismamente. Y de la noche a la mañana se convirtió en demonio.

De repente sucedieron muchas cosas. Sucedió la guerra franco-prusiana: y los alemanes acabaron invadiendo el pueblo de Charleville. Sucedió, en París, el levantamiento de la Comuna. Y sucedió que Rimbaud empezó a escribir versos. El caos exterior de la guerra y la revolución se unió al caos interior de Arthur, y las compuertas de las convenciones se derrumbaron. Asfixiado por su rígida madre, Rimbaud huyó tres veces de casa. Su tercera fuga fue en febrero de 1871, ya con dieciséis años, al París de la Comuna. Fue un viaje terrible: no tenía ni un céntimo y durante varias semanas tuvo que dormir bajo los puentes y escarbar en las basuras para poder comer. Pero lo peor es que al parecer fue violado por los soldados de un batallón; y que, más allá de su espanto como víctima, hubo algo en la degradación y la violencia del asalto que le resultó turbiamente atractivo. La experiencia le dejó destrozado.

Regresó a Charleville y entró en total colapso. No se lavaba, no se peinaba; iba vestido como un mendigo; grababa a punta de navaja "¡A la mierda con Dios!" en los bancos del parque; merodeaba por los cafés a la espera de que alguien le invitara a una copa; blasfemaba y contaba a voz en grito truculentas historias de cómo seducía sexualmente a las perras que encontraba por las calles; llevaba siempre en la boca una pipa con la cazoleta vuelta hacia abajo. En fin, todos los atributos del perfecto chiflado.

Además se pasaba horas en la biblioteca estudiando libros de ocultismo y de iluminismo. En aquellos meses desarrolló su teoría literaria del Vidente: el poeta era un transmisor, un traductor de la divinidad: "Yo soy otro", decía, probablemente compensando su íntimo sentimiento de enajenación con la explicación de la clarividencia homérica. Llegó a creer que, con ayuda de las drogas y la magia, podía llegar a fundirse con Dios (podía *ser* Dios) y acabar con la dolorosa escisión entre el Bien y el Mal. Y a ese estado supremo se accedía a través de la infamia y el sufrimiento.

En el verano de aquel mismo año de 1871, Rimbaud, que quería mudarse a vivir a París, envió por correo unos poemas a Verlaine, poeta al que admiraba. Verlaine, entusiasmado con los versos del desconocido, y siempre manirroto y generoso, le mandó dinero para que viniera a la capital y le ofreció su casa: "Venga, querido, alma grande, se os llama y se os espera". Con tan dulces palabras comenzó el tormento.

Paul Verlaine causaba menos miedo que Rimbaud, y, sin embargo, en muchos sentidos era más peligroso que él. Hijo único, su padre también era oficial del Ejército, pero el hogar de Verlaine había sido mucho más acogedor, más convencional, más acomodado y más burgués. Paul padecía un físico catastrófico: "Era de una fealdad intensa", decían sus amigos. Tenía una cabeza triangular, un cráneo gordo y prematuramente calvo, una debilísima barbilla de ratón, unos cabellos ralos, unos ojitos tártaros crueles y achinados: hay algo repelente en sus retratos. Mimado e inmaduro, desde muy joven había hecho de su vida un disparate. Sobrio podía ser tierno y desvalido, pero estaba completamente alcoholizado y las borracheras le cegaban de violencia: a los veinticinco años intentó matar a su madre viuda, y más tarde estuvo a punto de hacer lo mismo con su propio hijo, un bebé; con su mujer, y por último con Rimbaud.

En el momento en que empieza nuestra historia, la madre de Verlaine había conseguido casarlo con Mathilde, una linda burguesita de diecisiete años, y la pareja se había trasladado a vivir con los padres de ella, acomodados y respetables, pero no totalmente convencionales: la madre era profesora de música y entre sus alumnos estaba Debussy. Por eso, cuando Verlaine habló de un poeta extraordinario de provincias, los suegros le animaron a que lo invitara. Porque fue a casa de los suegros de Verlaine adonde Rimbaud llegó en septiembre de 1871: sucio, maloliente, peludo, andrajoso y lleno de piojos. Por no hablar de su comportamiento abominable. Cayó fatal a todo el mundo menos a Verlaine, que quedó prendado. Paul era bisexual y ya había tenido relaciones con hombres anteriormente.

A los pocos días Rimbaud se marchó de la casa: la convivencia era imposible. Verlaine lo encontró por casualidad unas semanas después, mendigando muerto de hambre por la calle; acabó alquilando una habitación para él y manteniéndole. Al principio le llevó con sus amigos poetas, pero Rimbaud enseguida se enemistó con todos por sus modos atroces: les insultaba, se reía de sus versos, incluso llegó a atacar a uno de los contertulios con un bastón espada. Paul y Arthur estaban cada vez más aislados y eran cada día más notorios: resultaba evidente que formaban pareja, que eran *sodomitas*, una actividad infamante para la época. En noviembre, un periódico publicó: "El poeta saturniano Verlaine iba del brazo de una encantadora persona, la señorita Rimbaud".

Verlaine siempre tuvo miedo de ser débil (lo era) y burgués (también), y el salvaje y visionario Rimbaud le impedía acomodarse y concedía a su absurda y descontrolada vida un sentido trascendente. Pues, ¿no estaban alcanzando las cumbres místicas y poéticas a través de la perdición y la miseria? Ambos eran herederos del Romanticismo e hijos del desorden. Vivían en un mundo que acababa de matar a Dios y de descubrir que el Mal está dentro de nosotros (de eso hablarían poco después Stevenson en su *Dr. Jekyll y Mr. Hyde*, y Freud en su teoría del psicoanálisis), y, para defenderse de tanto vacío repentino, quisieron construir una nueva *razón de la sinrazón*. Y así, comían hachís (por entonces esta droga no se fumaba) y se embriagaban concienzudamente con absenta y ajenjo, ansiosos de trascender los límites de una racionalidad que había demostrado no servir para mucho. A Rimbaud, que ya vivía en el delirio, todo esto le llevó a un estado de constante ofuscación: veía salones en el fondo de los lagos, mezquitas orientales en el perfil de las fábricas de París.

Los dos poetas habían construido una relación enferma y sadomasoquista. Rimbaud torturaba a Verlaine de mil maneras: le insultaba, le asustaba cayendo sobre él en un callejón oscuro y contándole los crímenes que pensaba cometer. Un día, en un café, Arthur pidió a Paul que pusiera las manos sobre la mesa para un experimento; y cuando Verlaine las extendió, Rimbaud sacó una navaja y le acuchilló repetidas veces. Después de estos paroxismos, y de las lágrimas de Verlaine, y de las cogorzas, Rimbaud se mostraba tierno y dulce durante un rato; y además se atraían mucho sexualmente. Hay versos encendidos de pasión carnal.

Rimbaud torturaba a Verlaine y Verlaine torturaba a la joven Mathilde. Cuando volvía a casa, borracho y enloquecido, Paul la pegaba bárbaramente. Un día intentó quemarle el pelo, y otro día le hizo cortes con un cuchillo en las manos (las manos, cómo no). Mathilde, espantada, odiaba a Rimbaud: pensaba, no sin razón, que estaba *pervirtiendo* a su marido. Al fin, una noche de enero de 1872, Verlaine cogió a su hijo, un bebé de tres meses, y lo estrelló contra la pared (el niño se salvó gracias a la mucha ropa que le envolvía); acto seguido intentó estrangular a Mathilde. A sus gritos, entraron los suegros, y a duras penas consiguieron contener a Paul y echarle de casa. Y el caso es que, en mitad de toda esta miseria y esta mugre, Rimbaud y Verlaine escribían sin cesar versos hermosos.

Pese a estar atrapado por su pasión hacia Arthur, Verlaine le temía, y además quería a su mujer. Los dos años que duró la relación de los poetas están llenos de altibajos provocados por las dudas de Paul entre Mathilde y Arthur. Su mujer le amenazaba con divorciarse y él prometía reformarse y enviaba a Rimbaud a Charleville, pero al mes ya le estaba llamando nuevamente. Un día Verlaine salió a buscar medicinas para Mathilde, que estaba enferma, y Rimbaud le abordó y le conminó a que se fuera con él al extranjero. "¿Y mi esposa?", preguntó Paul. "Que se vaya al infierno."

En realidad el que se fue al infierno fue Verlaine, que se largó a Bélgica con Arthur, sin equipaje y sin decir nada en casa, Unos días después le mandó una carta a su mujer: "Mi pobre Mathilde, no sufras ni llores; estoy viviendo una pesadilla pero regresaré algún día". En un postrero esfuerzo conyugal, Mathilde y su madre se fueron a Bruselas a buscar a Paul. Dicen que la muchacha se le metió en la cama, que hizo el amor con él, que le convenció para que volviera con ella. Pero en la frontera el poeta se arrepintió y se bajó del tren. Fue la última vez que vio a Mathilde.

El resto de la relación de Rimbaud y Verlaine es redundante: más maltrato, más lloros, más idas y venidas, más escándalos, más dolor y más locura. Vivieron en Londres; se separaron; se juntaron de nuevo. Mathilde comenzó el proceso del divorcio y amenazó con airear la relación homosexual de ambos. Para entonces, Rimbaud estaba en una crisis literaria y mística: había descubierto que su teoría del vidente no funcionaba, que no podía convertirse en Dios, que por la vía de la degradación sólo llegaba a la demencia (muchos años después su hermana le preguntó que por qué había dejado de escribir, y él contestó que seguir con la poesía le hubiera vuelto loco). Redactó *Una temporada en el infierno*, una especie de autocrítica poética; y empezó a pensar en dejar a Verlaine. Pero no tenía fuerzas suficientes para hacerlo.

En el verano de 1873 vivían de nuevo en Londres. Rimbaud se comportaba de manera tan feroz con su amante que un día éste no pudo más y se marchó: salió corriendo de casa sin siquiera pararse a coger equipaje, y se subió a un barco que iba al continente. Rimbaud, espantado de perder a su víctima, le mandó una atropellada y apasionada carta: "Vuelve, vuelve, amigo mío, mi único amigo. Te juro que seré bueno".

Mientras tanto, Paul se instaló en Bruselas y comenzó a escribir a todo el mundo explicando que se iba a matar: a su madre, a la madre de Rimbaud, a Mathilde, a sus amigos. Y a todos ellos les decía: "Sobre todo, ni una palabra a nadie", como si no estuviera dando cuenta de su suicidio al planeta entero. Mamá Verlaine corrió al rescate de su niño, por supuesto; y los días pasaban y Paul no se mataba. Al fin, el 8 de julio Verlaine telegrafió a Rimbaud pidiéndole que viniera a Bruselas: quería despedirse de él porque se iba a enrolar en las fuerzas carlistas españolas. Rimbaud llegó ese mismo día: sin duda la emoción puso alas en sus pies. Pero, en cuanto se vieron, el veneno volvió a hervir en sus venas: Verlaine ya no quería irse, sino seguir su relación con Rimbaud; y Rimbaud, viendo a Verlaine otra vez entregado, ahora quería dejarle.

Pasaron así dos días infernales, es decir, de lo más habituales en su relación, bebiendo, llorando, gritando y haciendo el amor furiosamente. Al tercer día, Rimbaud decidió irse; y entonces el borrachísimo Verlaine le encerró en el cuarto, sacó una pistola y disparó tres tiros contra él. Una de las balas se enterró en la mano de Rimbaud; otras dos se perdieron en la pared. Al darse cuenta de lo que había hecho, Verlaine salió del cuarto llorando y se echó en brazos de mamá. Entre Rimbaud y su madre le calmaron, pero a ninguno de los dos se le ocurrió hacerse cargo de la pistola. Esa tarde los tres se fueron a la estación: Rimbaud se iba, pese a estar herido. Pero Verlaine seguía borracho y delirante: se acercó a su amigo y, metiendo la mano en el bolsillo donde guardaba el arma, le dijo que en esa ocasión no fallaría. Aterrado, Arthur corrió a pedir ayuda a un policía. Verlaine acabó detenido y Rimbaud en el hospital para curar su herida. El escándalo ya era irremediable.

El 8 de agosto de 1873, Verlaine fue condenado a dos años de trabajos forzados: era la pena máxima para el delito de lesiones, y sin duda se la aplicaron por ser homosexual. De hecho fue sometido a la ignominia de un examen médico, y en el juicio salió que se le habían encontrado signos recientes de sodomía activa y pasiva. Rimbaud, por su parte, fue expulsado de Bélgica en cuanto salió del hospital. Los dos estaban acabados: por entonces la homosexualidad abierta no la aceptaba nadie. Verlaine fue excluido por sus propios amigos de la antología de poetas parnasianos de 1875, en castigo a su comportamiento. Y Rimbaud, que se apresuró a publicar *Una temporada en el infierno* por ver si así recuperaba cierto prestigio, fue absolutamente aislado por los medios literarios de París. En noviembre de aquel año, Arthur quemó sus manuscritos y dejó de escribir para siempre jamás.

Rimbaud y Verlaine sólo se volvieron a ver una vez, en 1875 y en Alemania, cuando Paul salió de la cárcel; se mantenía abstemio y lleno de buenas intenciones, pero su encuentro terminó con una borrachera formidable y una pelea feroz a puñetazos: Rimbaud le dejó tumbado sin sentido en las orillas del río Neckar. Tras aquella recaída en los antiguos hábitos, Verlaine volvió a la sobriedad y consiguió mantenerse lejos del alcohol durante varios años; pero para 1782 ya estaba de nuevo aferrado a la botella. Sifilítico, borracho y arruinado, se fue convirtiendo en un destrozo de hombre y sus versos perdieron calidad. La muerte de su madre acabó con él: sus diez últimos años los pasó entrando y saliendo de hospitales para pobres. Murió una madrugada de 1896, a los cincuenta y dos años, completamente solo.

También Rimbaud cogió la sífilis, pero su vida fue muy diferente a la de Verlaine. Se convirtió en un aventurero, en un viajero, en un trabajador manual: quiso encontrar la cordura por medio de la acción, de la vida básica y difícil. En Chipre fue capataz en duras canteras y maestro de obras de albañilería. Viajó por Somalia y Etiopía, y en Harar se empleó en una empresa de comerciantes de café. Sólo bebía agua, apenas si comía, trabajaba como una mula y era de una austeridad espeluznante. Exploró regiones desconocidas de África y fue traficante de armas. Había dejado la literatura para convertirse él mismo en un personaje literario, enigmático y perseguido por su destino, conradiano.

En febrero de 1891, y en mitad del África remota, se le declaró un feroz tumor de hueso en la rodilla. Aguantó dolores indecibles creyendo que era reuma, pero al fin tuvo que volver a Francia en el mes de abril y le amputaron la pierna de raíz (esa elocuencia atroz del cuerpo, la mutilación del poeta mutilado). Sin embargo el cáncer estaba ya demasiado avanzado: mes tras mes aumentaba la devastación y el sufrimiento. Prácticamente paraliza-do, Rimbaud lloraba todo el día: no ya del mucho dolor, sino de pena. Sin duda su vida fue muy triste. Murió el 10 de noviembre de 1891, a los treinta y siete años recién cumplidos; y su antiguo amante no asistió al entierro. En su decadencia final, sin embargo, algo tuvieron ambos en común: preguntados por la literatura, los dos contes-taron: "A la mierda la poesía, a la mierda la gloria".

Marco Antonio y Cleopatra
La reina y el mequetrefe

¿De verdad se quisieron tanto Marco Antonio y Cleopatra? Desde luego *se necesitaron*, y eso, la necesidad, es sin duda el ingrediente más fuerte del amor. La fascinante Cleopatra precisaba de Antonio para llevar a cabo sus monumentales planes políticos; y Antonio, que era débil y ruin, necesitaba a Cleopatra para todo: para poder levantarse por las mañanas, para ser, para vivir.

El drama sucedió en el siglo I antes de Cristo. Trescientos años antes, Alejandro el Magno había fundado Alejandría; cuando murió, su lugarteniente Ptolomeo, macedonio como él, instauró la dinastía Ptolemaica, que seguía reinando sobre Egipto cuando nació Cleopatra, en el 69 a.C. Por entonces Alejandría, la capital egipcia, era la ciudad más rica y hermosa del mundo, además de un centro comercial excepcional en donde se juntaban los mercaderes de Europa, Asia y África. Poseía la célebre Torre Luminosa de la isla de Faros, de cien metros de altura y enteramente revestida de mármol. También eran de mármol los múltiples palacios, todos de estilo helénico; y la famosísima Biblioteca, sin parangón en el mundo antiguo, con sus 700.000 volúmenes o rollos de papiro.

En comercio, cosmopolitismo, urbanismo y vida intelectual, Alejandría era el centro del mundo: allí trabajaron genios de la talla de Arquímedes o Euclides, por ejemplo. Pero su organización política era un desastre. Los ptolomeos habían ido empeorando generación tras generación; eran famosos por su costumbre de casarse entre hermanos, pero aún eran más célebres por su afición a matarse los unos a los otros. Las madres ejecutaban a sus hijos, los hijos envenenaban a sus madres y el fratricidio era tan común como el incesto. Formaban una familia deliciosa. Cleopatra, siguiendo la tradición, se casó con dos de sus hermanos; guerreó contra el primero, que murió en la batalla; y asesinó al segundo cuando éste contaba tan sólo quince años. Pero, de todas formas, fue una reina especialmente brillante, una mejora sustancial dentro de la decadente dinastía.

Mientras los antepasados de Cleopatra dilapidaban su fortuna y su influencia, al Norte del Mediterráneo se iba consolidando el colosal poder militar y político de los romanos, a quienes los sofisticados egipcios consideraban unos bárbaros. Era natural que la ambiciosa Roma mirara con ojos golosos esa Alejandría tan rica y tan caótica; por eso, y con motivo de la guerra entre Cleopatra y su hermano, Julio César fue a Egipto bajo la excusa de poner paz, pero en realidad para extender la zarpa sobre el rico pastel alejandrino (por cierto que fue él quien quemó, por accidente, la Biblioteca). César tenía cincuenta y seis años; Cleopatra, veinte. De todos es sabido que ella le conquistó; y así salvaguardó, probablemente, la independencia formal de Egipto. Tuvieron un hijo, Cesáreo; y luego César llevó a Cleopatra a Roma. En total estuvieron juntos menos de dos años, porque el asesinato del romano sucedió muy pronto. Entonces el poder fue repartido entre un tal Lépido, Marco Antonio, que a la sazón era cónsul, y Octavio, un muchacho de diecinueve años que era el hijo adoptivo de César. Cuando Cleopatra se enteró, huyó a Egipto con Cesáreo, temiendo que el niño, hijo auténtico de César, fuera asesinado por el ahijado. Tenía razón: Octavio, que después se convertiría en el famosísimo emperador Augusto, mandó matar a Cesáreo catorce años más tarde. Pero para llegar a eso aún ha de desarrollarse el increíble drama de Antonio y Cleopatra.

Ella entró en la historia de la mano de un genio como Julio César, pero era sin duda una mujer extraordinaria. Se la consideraba hermosa, desde luego, pero el secreto de su fenomenal atractivo no residía en el físico, sino en la inteligencia: "Su belleza no era en sí misma incomparable", dice Plutarco en sus cautivadoras *Vidas paralelas*, "pero su trato tenía un gancho irremediable". Además de implacable, Cleopatra era culta, refinada, vivísima de inteligencia y gracia; sabía de política y de guerra; conocía tantas lenguas que se decía que jamás usaba intérpretes; y era femenina, sutil y en apariencia dócil, aunque por sus venas circulara lava incandescente en vez de sangre.

Él, en cambio, entró en la historia gracias a Cleopatra: sin la reina de Egipto, hoy no nos acordaríamos de aquel necio romano. Físicamente, Marco Antonio era un hombre espectacular, guapo, fuerte y atlético. Pero dentro de esa hermosa cabeza sólo había bajezas: "Poseía un genio hueco, hinchado, petulante, lleno de vana arrogancia y desequilibrada ambición", dice Plutarco. Provenía de una familia pobre, y desde muy joven se dio a la mala vida. Tuvo muchos amantes de ambos sexos, siempre lo peor de cada casa. Jugaba, estaba permanentemente borracho y tiraba el dinero en bacanales absurdas, de manera que sus deudas eran exorbitantes. Llevaba a todas partes una ruidosa corte de rufianes y rameras de baja estofa, y a veces hacía que su carro fuera tirado por leones, porque presumía de ser descendiente de Hércules. Adoraba montar números: en Magnesia, por ejemplo, echó a un pobre ciudadano de su casa y regaló la propiedad al cocinero que había guisado para él en una de sus estruendosas fiestas.

Era zafio, inculto y cuartelero, defectos que le hicieron muy popular entre los soldados. Esa popularidad, unida a su energía y a un par de triunfos militares, le llevaron al consulado. Cuando asesinaron a César, que era supuestamente su amigo, Antonio convenció a la atribulada viuda, Calpurnia, para que le entregara la fortuna personal de su marido, so pretexto de custodiarla: naturalmente jamás la devolvió. Y cuando llegó al triunvirato, él y Octavio hicieron una lista de dos mil doscientos enemigos políticos y los mandaron asesinar, quedándose con sus propiedades. Poseía un talante cruel, y era tan disparatado que cabe sospechar que estaba medio loco.

Probablemente Marco Antonio y Cleopatra se conocían de antes, pero el primer encuentro oficial de su romance fue en el 41 a.C., cuando él contaba cuarenta y dos años y ella veintisiete. Antonio y Octavio compartían el poder con grandes tensiones y suspicacias; para evitar una guerra civil, se repartieron las zonas de influencia, y Antonio se quedó con Oriente. Estaba en Tarso, camino de una escaramuza *pacificadora*, cuando ordenó a Cleopatra que acudiera a verle. La reina hizo una llegada espectacular: entró por el río, en un deslumbrante barco de velas color púrpura y remos de plata. Venía regiamente sentada en cubierta, espolvoreada con oro y abanicada por lindas niñas desnudas que parecían amorcillos. En el muelle, y entre la multitud que se había congregado para ver el portento, unos cuantos agentes infiltrados de Cleopatra empezaron a esparcir el rumor de que se trataba de la propia Venus, que venía a reunirse con Dionisos para el bien de Asia. Con esta puesta en escena magistral, la reina adulaba a Antonio, al compararle con Dionisos; se ofrecía a sí misma como diosa del amor, y definía ya el carácter de su relación: sería "por el bien de Asia". En la cabeza de Cleopatra bullían los imperios.

Antonio quedó tan fascinado por la reina que abandonó sus proyectos bélicos y se marchó con Cleopatra a Alejandría, en donde pasó todo el invierno. Pero en primavera un conato de guerra civil le hizo volver a Roma. Por entonces, Antonio era todavía un militar triunfante y con mucho prestigio entre las legiones; Octavio prefirió no enfrentarse a él, de modo que firmaron una renovación del triunvirato y, para reforzar el acuerdo, Antonio se casó con la hermana de Octavio, también llamada Octavia, una joven bellísima (más guapa que Cleopatra, dicen los coetáneos), además de prudente e inteligente. Desde luego debía de estar muy bien esa mujer, porque, desde el año 40 hasta el 37, Antonio se mantuvo lejos de la reina de Egipto. Pero pocas pasiones pueden conservar el punto de fusión y de locura más allá de la línea fatal de los tres años, y el atractivo de Octavia no fue eterno. Así es que Antonio partió en una campaña contra los partos, y en cuanto llegó a Siria hizo venir a Cleopatra. Ya no se separaron nunca más.

Cleopatra sabía que, por sí sola, no podía nada contra Roma. Sus sueños de dominio sólo podrían desarrollarse dividiendo a los romanos, o, mejor aún, incorporando una parte de Roma a ese descomunal proyecto que le calentaba el corazón: el gran imperio egipcio. Su ambicioso plan estaba bien diseñado, pero escogió al hombre equivocado. Tal vez no tuvo otra opción; pero tal vez también ella se dejó engañar y embelesar, aun siendo tan inteligente y tan Cleopatra, por la belleza física de Marco Antonio: es un error común en los humanos. En los diez años que vivieron juntos, ella le fue fiel, le trató aparentemente con cariño y le dio tres hijos.

Él, por su parte, tenía sorbido el seso por la reina. En Roma, sus enemigos se hacían lenguas sobre el embrujo que le mantenía idiotizado. Era un calzonazos, decían: la egipcia le mangoneaba como un pelele. Lo cierto era que a Antonio le salía todo fatal desde que estaba con Cleopatra. Organizó un enorme ejército contra los partos, pero planteó la campaña tan mal y con tan nulo sentido estratégico, que la guerra se saldó con una derrota bochornosa y una carnicería horrible. ¿Malas influencias de la reina? Probablemente, pero sólo en el sentido de que Cleopatra le espoleaba a asumir retos cuya envergadura era mayor que su capacidad. Antonio no tenía ni la cabeza ni el temple de César. Tal vez por eso necesitaba tanto a Cleopatra: porque sólo se veía a sí mismo verdaderamente grande cuando se contemplaba en los ojos de ella.

Pero los fracasos no menguaron su fanfarronería, y Antonio empezó a regalar a Cleopatra vastas posesiones pertenecientes al imperio romano: las costas fenicias, Jericó… En Roma, naturalmente, sentó muy mal que anduviera cediendo territorios patrios a otro país. El enfrentamiento civil se hizo inevitable.

Octavio, con aguda inteligencia, declaró la guerra a Cleopatra sin hacer la menor referencia a Marco Antonio: al ningunearlo así, dando pábulo a los que le consideraban un pelele, le quitaba apoyos nacionales. Antonio, que todavía contaba con un buen número de soldados romanos, levantó a toda Asia contra Octavio. Entre sus legiones, los soldados egipcios y los aliados, reunió un ejército de 110.000 hombres y 500 barcos. Las fuerzas de Octavio eran algo menores, 100.000 hombres y 400 barcos, pero mucho más cohesionadas y disciplinadas.

Desde el primer momento de la campaña, Antonio demostró una vez más su total torpeza militar. Octavio tomó la iniciativa; cortó los suministros del ejército enemigo, y arrolló en todas las pequeñas escaramuzas que mantuvieron. Todavía no se habían enfrentado en una verdadera batalla y Antonio ya estaba prácticamente derrotado: sus tropas se encontraban cercadas y sin comida, y los soldados desertaban a centenares todas las noches. Desesperado y paranoico, Antonio mandó diezmar a sus propios hombres, torturar hasta la muerte al rey de un pequeño estado árabe, y despedazar vivo al senador Quinto Póstumo, para frenar la descomposición de su ejército: una extravagante manera de levantar la moral de los combatientes. Incluso llegó a creer que Cleopatra quería envenenarle. La reina, que estaba con él en el campo de batalla, se salvó de una muerte cierta gracias a su presencia de ánimo. Le explicó a Antonio que, de haberlo ella querido, le podría haber envenenado mil veces; y, mientras decía todo esto, se las apañó para emponzoñar subrepticiamente una copa de vino. Cuando Antonio se llevó la copa a los labios, Cleopatra le detuvo e hizo beber el vino a un pobre prisionero, que murió al instante entre horribles dolores. Esta demostración tan espectacular y tan didáctica acabó con los recelos de Antonio por el momento.

Al fin, los dos ejércitos se enfrentaron en la batalla naval de Accio. Para entonces las fuerzas de Antonio estaban tan deterioradas que el romano tuvo que quemar la mitad de sus barcos: sacó tan sólo 200 a la liza, aunque perfectamente equipados y con la flor y nata de sus legionarios. En realidad Antonio sabía que no podía ganar a Octavio: planeaba romper sus defensas y escapar hacia Alejandría, con la esperanza de reorganizar sus fuerzas allí. Pero esto, naturalmente, no lo conocían sus soldados. Lucharon ambos contendientes encarnizadamente durante varias horas, hasta que, de súbito, Cleopatra, que estaba en la retaguardia a la cabeza de las 60 naves egipcias, decidió dar la vuelta y salir huyendo con sus barcos. Y Marco Antonio, que vio esto desde la nave capitana, saltó a un velero y escapó detrás de ella, abandonando a sus hombres como un miserable. Aún combatieron heroicamente los soldados de Antonio durante cinco o seis horas más, sin saber que su general les habían traicionado; pero al final Octavio consiguió prender fuego a los barcos enemigos. Ardieron todos los navíos como teas, iluminando con un atroz resplandor el mar de Accio.

Mientras tanto, el romano alcanzó la nave de la reina y subió a bordo. Pero no se atrevió a enfrentarse a Cleopatra: durante los tres días que duró la travesía, Antonio permaneció en la proa, lejos de todo el mundo, probablemente desesperado por su propia vileza. Volvieron a Alejandría tan deprisa que llegaron antes que la noticia de su derrota. Cleopatra hizo adornar las naves, como si regresaran triunfalmente; gracias a esa añagaza pudo desembarcar sin más problemas, y esa noche mandó degollar a sus adversarios políticos, que habrían acabado con ella al saberla perdida. Luego, la reina y Antonio se pusieron a esperar lo inevitable: la llegada fatal del enemigo.

Octavio tardó un año en venir. En ese tiempo, Cleopatra mandó construir su propio sepulcro, envenenó a unos cuantos prisioneros para investigar cuál era la ponzoña que menos dolores producía y creó la Sociedad de la Muerte, una cofradía dedicada al intenso disfrute de la vida frente al próximo fin. Y así, en Alejandría corría el vino y las noches se consumían en orgías fenomenales, mientras resonaban cada vez más cerca los tambores de guerra. Durante el día, intercambiaban correos con Octavio. Antonio quería conservar la cabeza, pero Octavio no estaba dispuesto a perdonarle. Cleopatra, por su parte, comenzó a negociar bajo cuerda con el vencedor: intentaba salvar la vida de sus hijos, la independencia de Egipto, incluso el trono... Cuando al fin llegaron las tropas enemigas, Cleopatra ordenó secretamente a su propio ejército que no se resistiera. Era lo adecuado; pero Antonio, que sabía que la rendición significaba para él una muerte segura, consideraba esta pasividad una traición. De nuevo volvía a sospechar de ella.

Cuando Octavio alcanzó las puertas de la ciudad, el peligro debía de ser tan grande para Cleopatra, tanto por parte del enemigo como del receloso Antonio, que la reina se encerró con dos esclavas en su sepulcro e hizo correr el rumor de que se había matado. Al conocer la noticia, Antonio comprendió al fin que todo había acabado; intentó suicidarse, pero como era un cobarde lo hizo mal. Se había clavado la espada en el vientre, y se retorcía entre grandes dolores pidiendo a gritos que lo remataran. Nadie se atrevió. Cleopatra, al saber de su estado, ordenó que lo trajeran al sepulcro; como la puerta se encontraba sellada, tuvieron que atar a Antonio con una cuerda e izarlo a través de una ventana. Fue una escena torpe, trágica, patética, con el corpulento romano colgado de la soga, un fardo ensangrentado y bamboleante, mientras Cleopatra y sus dos esclavas le subían a pulso con gran dificultad. Dentro ya de la tumba, Antonio murió al fin en brazos de su amada. Dicen que ella le lloró amargamente, y me lo creo: con él moría toda su juventud, sus sueños de gloria y su futuro. Ella tenía treinta y nueve años; él, cincuenta y cinco. Pocos días más tarde, ya prisionera de Octavio, Cleopatra se suicidó con veneno de áspid para no pasar por el oprobio de ser exhibida como trofeo de guerra. Ella, grandiosa y terrible, supo morir, en fin, con dignidad; en cuanto a él, tuvo el raro destino de ocupar el centro de una vorágine de guerras y enormidades épicas, siendo como era un mequetrefe.

Dashiell Hammett y Lillian Hellman
Más fuerte que la carne

¿Qué une más que el sexo, qué es más fuerte que el abismal atractivo de la carne? El dolor, tal vez: el daño compartido. Y el cariño que a veces emerge de la superación del daño. La atípica pareja formada por el genial escritor de novela negra Dashiell Hammett y la dramaturga Lillian Hellman se construyó sobre el sufrimiento y la ternura. Su relación duró tres décadas, aunque en realidad convivieron muy poco y tuvieron además otros amantes. Ella sobrevivió a Dashiell durante quince años, y en ese tiempo *inventó* retrospectivamente, en sus memorias, una historia de amor luminosa y espléndida. No fue así, pero sin duda su relación era tan profunda que sólo la muerte pudo romper el vínculo. Supongo que lo que les unía (la melancolía, el deseo y la imposibilidad de quererse bien, la necesidad, la frustración) es lo que comúnmente llamamos amor.

Lillian era fea, muy fea, feísima. Nació en 1905 en Nueva York, hija de un viajante, pobre y judía. Siempre odió ser judía, y ser pobre, y, sobre todo, sentirse tan fea. Fue una niña rebelde e insoportable, y más tarde una muchacha trepidante y audaz. Vivió su juventud en los intensos y liberales años veinte, y, como muchas otras mujeres de su generación, se dedicó a comerse el mundo en dos bocados. Fumaba, juraba, bebía; jugaba al póquer como el mejor tahúr y se acostaba con todos los hombres atractivos que le pillaban cerca. Hizo muchas conquistas:

era muy desfachatada, muy lista, muy graciosa. Se pintaba los cabellos de rojo, vestía a la última y tenía fama de ser un portento en la cama. Era, en fin, "una mujer de pelo en pecho", como diría más tarde Dashiell Hammett.

En cuanto a él, había nacido en 1894 y era guapo, muy guapo, guapísimo. Medía cerca de dos metros y desde los veinticinco años tenía el pelo completamente blanco. Era un chico duro, pero el alcohol y las enfermedades le fueron descarnando: al final de su vida parecía un esqueleto. Pero, eso sí, un esqueleto siempre muy elegante. Más pobre aún que Lillian, tuvo que dejar de estudiar a los trece años para ganarse la vida. Repartió periódicos, fue administrativo, recadero. También trabajó durante casi una década como detective privado para la famosa agencia Pinkerton.

Alistado en el ejército durante la I Guerra Mundial, cogió una pulmonía que degeneró en tuberculosis. Desde entonces, y durante muchos años, padeció feroces crisis tísicas que le pusieron al borde de la muerte: a veces estaba tan débil que tenía que colocar una hilera de sillas desde la cama al baño para poder cruzar la habitación. Entraba y salía de los hospitales, y en uno de ellos conoció a Josephine, una enfermera. Josephine se quedó embarazada de otro hombre y Dashiell decidió casarse con ella (Mary, la hija, nunca supo que Hammett no era su padre). A veces Dash era así, encantador, dulce y generoso. En otras ocasiones parecía un monstruo. Borracho, era de una violencia demoníaca, y estaba borracho muy a menudo. Pegaba a Josephine, y a la niña Mary (no así a Jo, la otra niña, ésta sí hija suya, que tuvo con la enfermera). Pegaba a Lillian Hellman. Y una modelo le denunció por violación y malos tratos.

Pese a todo esto, las mujeres le amaban. Porque era hermoso, y porque era genial, y porque te llevaba a la perdición, eso sin duda alguna. Pero también por su corazón. Por la ternura que se atisbaba por debajo de toda esa rabia y ese dolor, una bondad prisionera a la que él apenas si podía dar salida. Las mujeres siempre han sentido el impulso irresistible de rescatar a los hombres de sí mismos.

Lillian y Dashiell se conocieron en Los Ángeles en noviembre de 1930. Para entonces, Lily tenía veinticinco años y estaba casada con Kober, un guionista de Hollywood que la adoraba y a quien ella engañaba abiertamente (aunque *engañar* no es la palabra exacta: los bohemios de aquella época, como los *hippies* de los años sesenta, vivían *relaciones libres*). Dash tenía treinta y seis años y era el escritor de moda: acababa de publicar cuatro novelas con un éxito fabuloso. Tenía chófer y mayordomo, ganaba el dinero a espuertas y lo gastaba como si le quemase. Le había regalado un Packard a Josephine y las niñas, que vivían en otra ciudad; pero luego olvidó seguir pagando el coche y se lo llevaron. A veces también olvidaba mandarles dinero para que comieran.

La noche que Lily y Dash se conocieron, éste llevaba cinco días sin parar de beber. Fue en un club. Lillian vio pasar a Dash camino de los servicios, y quedó deslumbrada. Salió detrás, le abordó y consiguió pasarse toda la noche hablando con él (ése era el modo de ligar de la fea Hellman: por medio de la palabra). Después vino la cama y la pasión. Por lo menos por parte de Lillian: él era, ya está dicho, un chico duro, totalmente incapaz de comprometerse formalmente.

Para peor, y eso Lillian no lo sabía por entonces, Dashiell había entrado en la crisis creativa que iba a acabar con él. Se suponía que estaba trabajando en su quinta novela, *El hombre delgado*, pero en realidad no podía escribir una sola frase. En el mundo exterior triunfaba locamente, y en la intimidad se sentía un fracasado y probablemente un impostor. Así es que bebía muchísimo. El primer año de su relación fue la locura. Ella aparecía a menudo con los ojos morados o con cardenales de los golpes de Hammet, y un día, en una fiesta, delante de todo el mundo, Dash tumbó a Lillian de un puñetazo. Mientras tanto, el editor Knopf mandaba carta tras carta a Dash preguntando por el manuscrito de *El hombre delgado*. Un día, en 1931, tras quince meses sin poder escribir, Hammett se encerró en la habitación de un hotel y proclamó a los cuatro vientos que se iba a suicidar. Josephine, avisada, corrió a intentar salvarle, pero su marido no la dejó entrar. Entonces le tocó el turno a Lillian: y ella sí que entró. "¿Y todo esto a qué viene?", preguntó Lily, exasperada. "Soy un payaso", contestó el desolado Hammett. Pese a toda su inteligencia y todo su talento, emocionalmente no era más que un niño y el mundo era demasiado grande para él. Sufría esa incapacidad absoluta para vivir que algunos hombres padecen.

A veces vivían juntos durante un par de meses, y después volvían a vivir separados: en distintos hoteles, en distintas ciudades. Él seguía acostándose con todas las mujeres que podía, sobre todo con prostitutas negras y orientales, atrapando gonorrea tras gonorrea. Ella tenía también sus historias; en ocasiones quedaba embarazada y se sometió a diversos abortos. Seguían bebiendo los dos horriblemente: ahora también ella se había dado al alcohol, para acompañarle. Dash mantenía a Lillian, y lo hacía a lo grande: la cubría de regalos fabulosos. Cuando estaban separados, Hammett le escribía cartas cariñosas. Esto se repetiría una y otra vez a lo largo de su relación: Dashiell sólo era capaz de decirle que la quería cuando estaba lejos de ella.

Haciendo un esfuerzo sobrehumano, Dashiell consiguió terminar la que sería su última novela, *El hombre delgado.* Pero el libro era muy inferior a sus primeros trabajos y él lo sabía. Empezó a decir que iba a hacer novelas "normales", no de detectives. Se emborrachaba por las noches con Faulkner, cuya obra consideraba sobrevalorada. Probablemente Dash aspiraba a más, a mucho más; probablemente sus ambiciones literarias eran tan enormes que no se atrevía a escribir, aterrado por la dimensión del posible fracaso. En cambio convenció a Lillian, que sólo había publicado algunos cuentos, para que se pusiera a hacer una obra de teatro. Incluso le dio la idea de la trama. Lillian, que no estaba bloqueada por la inmensidad de la propia exigencia, empezó a trabajar en el borrador de *La hora de los niños.* Dashiell fue salvaje con ella: la humillaba, le decía que lo que escribía no valía nada, le obligó a rehacer seis veces el manuscrito. Pero también fue el perfecto consejero, el guía, el maestro. Empleó muchísimo tiempo y todo su talento en editar y corregir el texto de Lillian, y a veces incluso pasó a máquina las páginas. Cuando Hammett dio al fin por aceptable *La hora de los niños,* la obra era en buena medida un producto de él, cosa que Lillian reconoció abiertamente durante toda su vida.

Después empezó lo peor. Fue Lillian quien se buscó, por sí sola, la oportunidad de estrenar la obra. Mientras se hacían los ensayos en Broadway, Hammett se marchó a Hollywood, supuestamente para colaborar en un guión. Había entrado en barrena: bebía más que nunca, no trabajaba nada, escribía a Lillian carta tras carta pidiéndole que lo dejara todo y se fuera con él. Era una especie de prueba de amor egoísta e infantil, porque ella, claro está, *no podía ir.* Hellman estaba en el acelerado tramo final de los ensayos, así es que no acudió a la llamada de Hammett. El día del estreno, Dashiell ni siquiera telefoneó para ver qué había pasado. De todas maneras la obra fue un gran éxito.

Cuando Lillian se convirtió en la mujer de moda, Dashiell empezó a tener problemas para hacer el amor con ella. Por entonces él ya estaba sin dinero: no era capaz de terminar ningún texto, los estudios le habían despedido. Ahora era Lillian quien se ocupaba de pagar sus carísimos gastos; un día le dio 5.000 dólares, y él se los regaló esa misma noche a una prostituta. La relación entre ellos era horrible. Una tarde de 1934 en la que los dos estaban con copas de más, Lillian se sintió particularmente desgraciada "con su hábito de beber, sus mujeres y mi vida con él", y empezó a reprocharle su conducta. De repente vio, horrorizada, que Hammett estaba enterrándose un cigarrillo encendido en la mejilla. "¡¿Qué haces?!", se espantó. "Contenerme para no hacértelo a ti."

Ésa fue, desde entonces, la pauta de sus vidas. Ella construyendo tenazmente su carrera paso a paso, como un pájaro que monta su nido brizna a brizna; y él, mientras tanto, destruyéndolo todo. En 1935 se metieron los dos en el partido comunista; tal vez esto también fuera para Hammett (ella simplemente le siguió) una forma más de destruirse, de desaparecer como individuo dentro de un todo. Desde luego a partir de entonces hizo dejación de su propio criterio y firmó junto a Lillian manifiestos abominables, apoyando las purgas de Stalin, por ejemplo.

Mientras tanto, Lily escribió su segunda obra; no contó en esta ocasión con la ayuda de Dash, y la pieza fue un completo fracaso. En cuanto Lillian fracasó, Dashiell pudo volver a hacer el amor con ella. De hecho las cosas mejoraron bastante entre los dos. Mejoraron tanto que, cuando Lillian se quedó de nuevo embarazada, en 1937, decidieron tener el niño. Ella estaba radiante; pero un día, al volver a la casa que por entonces compartían, se encontró a Dash en la cama con una prostituta: probablemente el escritor no pudo soportar tanta felicidad sin bombardearla. Para Hellman, aquello fue una especie de punto sin retorno. Abortó y se fue de viaje por Europa. Mientras tanto, Hammett dejaba de beber, avergonzado, y le enviaba cartas cariñosas. Todo inútil: Lillian siguió negándose a verle. Hammett llevaba ya catorce meses sobrio cuando un día le entró un ataque de pánico y se tragó todo el alcohol que pudo de una sentada. Los amigos le recogieron, medio muerto, y se lo mandaron en un avión a Lillian, que estaba en Nueva York. Y ella, pese a todo lo pasado, se hizo nuevamente cargo de él y le internó en un hospital. "Tiene terror a la locura", dictaminaron los médicos.

Volvían a estar juntos, y Hammett ayudó otra vez a Lily en su tercera obra, *Las pequeñas zorras*. El espectáculo fue un éxito, y, por consiguiente, aparecieron de nuevo los problemas sexuales. Una noche iban en el coche a una fiesta, y él propuso que cambiaran de planes y fueran a hacer el amor. Pero Lillian se negó: fue la primera vez que le dijo que no. A partir de entonces, Dashiell no volvió a tocarla nunca más. Claro que tampoco hubiera sido muy capaz de hacerlo: un par de años más tarde ya era definitiva y completamente impotente con todas las mujeres.

En 1942, Hammett devolvió el anticipo que le habían dado por su próxima e inexistente novela: era el amargo y final reconocimiento de la otra impotencia, la creativa. Inmediatamente se apuntó como voluntario para ir a la guerra. Tenía cuarenta y nueve años, estaba enfermo, esquelético, alcoholizado, le habían arrancado todas las piezas dentales, era un destrozo de persona. Pero aun así le admitieron como soldado y le mandaron a la retaguardia, a unas islas de Alaska. Desde allí esta ruina de hombre envió a Lillian las cartas más dulces y más cariñosas de su vida. Le pidió un anillo con una inscripción dentro, como si él fuera una doncella a la espera de esposo; y le habló de vivir juntos para siempre.

Pero para estas alturas Lillian estaba demasiado agotada, demasiado herida. Ella aún no había cumplido los cuarenta; quería un marido normal y quería tener hijos. Se enamoró de un diplomático, Melby; y cuando en 1945 Dashiell salió del ejército y acudió a casa de Lily, encontró que su sitio estaba ocupado por otro. Dashiell se trasladó a un hotel y durante los tres años siguientes se dedicó a beber hasta matarse. Esa ronda suicida acabó en 1948 con un delírium trémens. Nuevamente fue Lillian quien recogió los despojos y quien se hizo cargo de la cuenta del hospital: para esas alturas ya había roto con Melby.

A partir de aquello, sorpresas de la vida, vinieron los años mejores de su historia, o así los califica ella en *Una mujer inacabada*: "Vivíamos un afecto apasionado". Dashiell abandonó la bebida para siempre y convivía con Lillian a temporadas en una casta relación de cariño profundo, como de padre e hija, mientras ella seguía enamorándose de otros. Lillian intentaba encontrarle trabajos a Hammett, y rehacía discretamente los horribles guiones que él le daba. Porque, para entonces, y pese a todos los elogios que ella siempre le dispensaba, Hammett ya no podía, ya no sabía escribir. Probablemente el alcohol había abrasado para siempre su cerebro.

Esta cansada placidez fue rota por el senador McCarthy y su infame caza de brujas. Dashiell se negó a decir los nombres de los contribuyentes de una organización comunista y fue condenado a seis meses de cárcel. Lillian entró en pánico: también ella estaba bajo sospecha. Abandonó vergonzosamente a Hammett a su suerte, y ni siquiera se atrevió a pagar su fianza. Como cuenta Joan Mellen en su estupenda biografía sobre la pareja, fue una traición imperdonable.

Cuando Hammett salió de la cárcel tenía los pulmones destrozados y estaba más pobre que una rata. Se retiró a vivir en una granjita cuyo alquiler pagaba Lillian. Se veían regularmente, pero las cosas ya nunca fueron como antes: Dash, arruinado, enfermo y solo, necesitaba a Hellman, y esa necesidad le era tan insoportable que se vengaba siendo desagradable con ella. Así transcurrieron seis años, hasta que se hizo evidente que Hammett estaba demasiado deteriorado para poder seguir viviendo solo. Lillian no quería llevárselo con ella: sondeó a las hijas de Dashiell, que se negaron a hacerse cargo. Así es que Lily se resignó y volvió a recoger, una vez más, la última, a ese hombre roto que tantas veces antes había cuidado. En 1958 lo instaló en su casa neoyorquina, y allí estuvo agonizando Dash hasta su muerte, ocurrida, a causa de un cáncer de pulmón, en enero de 1961. Nunca antes habían estado tanto tiempo seguido viviendo juntos.

Esa etapa última fue muy difícil. En febrero de 1960 Dash se quitó todos los tubos y se levantó de la cama para asistir al estreno de *Juguetes en el ático*, la nueva obra teatral de Hellman. Después de muchos años de fracasos, la pieza resultó ser un clamoroso éxito. Estaban celebrando el triunfo con una gran fiesta cuando el lívido Hammett empezó a atacar violentamente a Hellman: "¡Después de todo lo que he estado esforzándome contigo, después de todo lo que te he enseñado durante tantos años, ahora escribes esta mierda!". Se hizo un silencio helador mientras Dashiell seguía derramando maldades. Lily le escuchó imperturbable y al final retomó su conversación con un vecino, como si Dashiell no hubiera pronunciado una sola palabra.

Le cuidó hasta el final. Al borde de la nada, Lillian intentó que él le dijera que la amaba. No lo consiguió. "Lo hemos hecho bien, ¿no?", aventuró ella un atardecer.

"Decir *bien* es demasiado", contestó él: "Digamos que lo hemos hecho mejor que la mayoría". En el instante último no hubo nada, ni un beso, ni el susurro de un nombre, ni un adiós: sólo una mirada de horror, sobresaltada. Pero luego Lillian, en los quince años que le sobrevivió, redondeó la historia y se inventó un pasado de amor esplendoroso.

Hernán Cortés y la Malinche
Amor y traición

Éste es el relato de una doble traición: doña Marina, por amor a Cortés, traicionó a su pueblo, su raza, sus costumbres; pero Hernán Cortés terminó traicionando el amor absoluto de doña Marina. Él era un bribón que supo estar a la altura de unos tiempos heroicos. Ella era india y más conocida como la Malinche; es nuestra Pocahontas, o más bien Pocahontas es un pálido reflejo de la Malinche, porque la historia de doña Marina y Hernán Cortés se encuadra en un ámbito inconmensurablemente mayor, entre el fragor de mundos que entrechocan y vastos imperios que se derrumban. Cuando se conocieron, en 1519, doña Marina tenía quince años y Cortés treinta y cuatro.

El conquistador había nacido en Extremadura en 1485, hijo de unos hidalgos pobres. Estudió un par de cursos en Salamanca, en donde aprendió latín y gramática: pero era un muchacho demasiado inquieto para ser bachiller. Con dieciséis años abandonó los estudios y se dedicó a quemar los días. Era vividor, bala perdida, mujeriego; pero también audaz, creativo y ambicioso. Un personaje así tenía que sentirse por fuerza atraído por ese colosal y promisorio Nuevo Mundo que Colón acababa de descubrir. En 1502 se apuntó a una expedición a las Indias, pero ese primer viaje se vio frustrado por un lance amoroso: perseguido por un marido burlado, se cayó de un tejado y se rompió una pierna, perdiendo así la partida de los barcos. Al fin consiguió cruzar el océano y llegar a La Española (Santo Domingo) en 1504. Tenía diecinueve años.

Tuvo suerte: nada más llegar se alistó para luchar contra los indígenas *rebeldes* (un eufemismo de la época) capitaneados por la cacica Anacaona, y eso le valió un botín de tierras y esclavos. Convertido así en un hacendado, vivió durante cinco o seis años una existencia bárbara y opípara, manteniéndose con el trabajo de sus indios, revolcándose con sus indias (una de las cuales le dio una hija) y entreteniéndose en acuchillarse de cuando en cuando con otros españoles pendencieros, de resultas de lo cual le quedó para siempre un tajo en la boca.

Pero los indios y las tierras de La Española ya estaban todos repartidos, de modo que había que ponerse otra vez a *conquistar* para aumentar las rentas. Entonces Cortés participó en la toma de Cuba como secretario y tesorero de Diego Velázquez, que luego sería nombrado gobernador de la isla.

Con este Velázquez tuvo Cortés una relación rarísima; al parecer el gobernador robaba y no enviaba a la Corona española la quinta parte de beneficios que le correspondía, y Cortés se unió a los descontentos dispuestos a denunciarle al Rey. En todo ello se mezcló una mujer, Catalina Juárez, una española que era la *enamorada* de Cortés y hermana de la amante de Velázquez, no sé si me siguen en el culebrón. De resultas de este oscuro embrollo Cortés fue aprisionado dos veces por el gobernador y puesto con grilletes, y las dos veces se quitó milagrosamente las cadenas y consiguió escapar como si fuera un mago. Al cabo alcanzó algún acuerdo con Velázquez: no se volvió a hablar de denuncias al Rey (¿a cambio de qué?) y Cortés cedió y se casó con Catalina, a lo que antes no parecía muy dispuesto. La historia resulta impenetrable, pero deja un regusto de turbios manejos y de corrupción que debió de ser muy habitual en aquellos primeros años americanos.

La conquista de Cuba le había traído a Cortés pingües beneficios, tierras e indios. Pero él quería más: más riqueza, pero sobre todo, a estas alturas, más poder y más gloria. Taimado y truhán, el listísimo Cortés siempre fue un genio de la mentira, la seducción y el engaño. Ahora sobornó a dos consejeros de Velázquez, prometiéndoles repartir con ellos los bienes que "adquiriese y robase" (como dice el padre De las Casas), si aconsejaban al gobernador que le nombrara capitán de la expedición para la conquista de México. Velázquez le nombró, pero luego, temiendo con razón que Hernán le traicionara y aspirara a quedarse él con las nuevas tierras, revocó el nombramiento e intentó apresarle. Pero Cortés se adelantó y partió en febrero de 1519 hacia México con once barcos, quinientos soldados y dieciséis jinetes, no sin antes asaltar y piratear un par de navíos mercantes para avituallarse. Era tremendo.

Arribó a la península de Yucatán y lo primero que hizo fue guerrear contra el cacique maya de Tabasco. Fue una pelea fácil: los indios quedaron aterrados por los caballos, criaturas desconocidas para ellos, que iban cubiertos de cascabeles y armaban un ruido indescriptible. Según la magnífica *Historia verdadera* de Bernal Díaz del Castillo, que era soldado de Cortés, murieron dos españoles y ochocientos indios. Al cabo el cacique firmó la paz, y, entre otros regalos, les entregó veinte indias, que Cortés se apresuró a bautizar y luego repartió, convenientemente cristianizadas, entre la tropa. Y es que, pese a todos sus otros pecados, o quizá por ellos, Cortés era un católico fanático que se empeñaba en soltar a los indios, a la primera de cambio, inmensos discursos teologales que les dejaban temblando. A menudo, los curas que iban con él (como Aguilar, el traductor) tuvieron que convencerle para que, en el primer encuentro con algún cacique, no se empeñara en hacerle primero escuchar, y luego aceptar, el dogma de la virginidad de María.

Entre esas veinte indias que regaló el jefe de Tabasco había una especialmente hermosa, inteligente y arrogante a la que bautizaron Marina. Los indígenas la llamaban Malinali o bien Malintzin (o, en su corrupción hispana, Malinche), siendo *tzin* una desinencia que indica rango y respeto, puesto que era la hija de un cacique lejano. La vida no había sido fácil para ella: su padre había muerto y la madre se había casado con otro hombre, el cual, para asegurarse de que la sucesión del poder recayera en su hijo (en el Nuevo Mundo las mujeres ocupaban un lugar prominente y podían ser cacicas), vendió a la niña a un comerciante, que a su vez la vendió al pueblo de Tabasco, en donde había crecido como esclava. No obstante, había conservado su dignidad de aristócrata; de ahí el uso del *tzin* entre los indígenas y del *doña* entre los españoles.

Porque para los españoles siempre fue doña Marina. Salvador de Madariaga apunta con penetrante juicio que la ausencia de racismo por parte de los españoles se manifiesta en ese respetuoso y elitista "doña" con que se trataba a las indias de mérito; aunque a mí se me ocurre que tal vez el clasismo fuera por entonces un prejuicio mayor que el de la raza, es decir, que los señores eran respetados como señores en todas partes. Lo cierto es que las indias aristocráticas eran entregadas a los capitanes, y los hijos que éstos tenían con ellas eran reconocidos legalmente y considerados miembros de la buena sociedad española a todos los efectos. Martín, hijo de Marina y Hernán Cortés, llegó a ser comendador de la Orden de Santiago, un privilegio altísimo.

Pero estoy corriendo demasiado. Por entonces, cuando le regalaron a Marina, Cortés se la dio a un hidalgo, Puertocarrero, al que apreciaba especialmente. Pero a los cuatro meses este hombre regresó a España, y entonces Hernán Cortés se quedó con la muchacha. Ella fue su compañera desde 1519 hasta 1524 y sin duda la mujer más importante de su vida.

Para cuando Puertocarrero se marchó, los españoles ya habían descubierto que Marina poseía un don único: hablaba no sólo maya, como los indígenas de Tabasco, sino también náhuatl, el idioma de los aztecas. Se convirtió inmediatamente en la "lengua" o intérprete de Cortés, al principio traduciendo al maya, idioma que luego a su vez traducía el cura Aguilar, y luego directamente al español, que dominó muy pronto. Doña Marina fue una pieza fundamental en la conquista de México. Era inteligente y elocuente, y conocía las costumbres y el país. Era, además, un personaje muy respetado: "La doña Marina tenía mucho ser y mandaba absolutamente entre los indios en toda la Nueva España", dice Bernal de ella. Era un personaje tan importante que los indígenas empezaron a llamar Malinche también a Cortés, como si él fuera un atributo de ella, y no al revés. Pues bien, doña Marina puso todo ese prestigio, toda esa sabiduría y toda esa experiencia al servicio de Cortés para traicionar a su propia gente.

¿Cómo pudo suceder algo así? No se sabe a ciencia cierta; aunque Marina fue la "lengua" de Cortés, no tenemos un testimonio directo de sus sentimientos o de sus pensamientos. En realidad las crónicas apenas si hablan de ella: está sepultada por ese espeso silencio histórico que rodea a menudo a las mujeres (y a los perdedores).

Pero si hizo lo que hizo tuvo que ser por amor. Por una pasión fatal que Hernán procuró avivar por interés. Sostiene Madariaga, y suena sensato, que el español jamás quiso a Marina (ni a ninguna mujer), y que la enamoró para asegurarse de su fidelidad, imprescindible en una intérprete de la que dependía la vida de todos.

Cortés no era guapo. Apenas medía un metro y sesenta centímetros, aunque al parecer tenía buen tipo y estaba delgado y musculoso. Era medio rubiato y de barbas ralas, con facciones correctas y un color de piel ceniciento. Lo mejor debían de ser sus ojos ("amorosos", los define Bernal), y una personalidad viril, vital, tremendamente seductora cuando quería. Era un marrullero, un mentiroso y bastante ladrón, pero a pesar de que cometió terribles atrocidades contra los indígenas no parecía ser un hombre especialmente cruel para el nivel medio de crueldad que imperaba en su época. Sánchez-Barba sostiene que era un humanista y que llenó el Nuevo Mundo de fundaciones hospitalarias (¿?), pero el libro de Sánchez-Barba es tan hagiográfico que no resulta muy creíble. Lo cierto es que, cuando el Rey de España le ordenó que no repartiera a los indios y que los respetara como personas libres, Cortés se negó a ello. Se diría que era un pícaro de altura, no exento de compasión por el prójimo pero dispuesto a olvidar rápidamente sus escrúpulos cuando le convenía.

Con Marina a su lado, Cortés se lanzó a la conquista del México de Moctezuma. Con sibilina y tramposa habilidad, levantó a todos los pueblos vecinos que estaban sometidos a los aztecas, mientras simulaba negociar con Moctezuma. En la ciudad santa de Cholula, Marina fue advertida por una vieja del lugar de que dejara a los españoles si no quería morir, porque iban a ser emboscados al día siguiente por los aztecas. La Malinche fingió ir a recoger sus cosas y advirtió a Cortés de la celada. Entonces el español pidió a los aztecas 2.000 guerreros para que le sirvieran de porteadores, y los reunió en un patio, tal vez desarmados; y, tras explicarles a través de la lengua de Marina que estaba al tanto de la emboscada que preparaban, los mandó matar.

Marina puso palabras a esta carnicería, y a las humillaciones que recibió Moctezuma, que fue retenido prisionero dentro de su palacio y al final asesinado por su propio pueblo por la cobardía que había mostrado frente a los españoles. No cabe aquí toda la épica, la mortandad, el griterío y la sangre de la conquista de la ciudad de México. Baste decir que, al cabo de múltiples quebrantos, Cortés sitió la ciudad y acabó con el enemigo por medio de la hambruna. Para entonces la guerra había adquirido dimensiones feroces: los aztecas prisioneros eran marcados con un hierro al rojo y repartidos como esclavos o esclavas, y los tlaxcaltecas, aliados de Cortés, cometían tales salvajadas con los vencidos que todos los españoles, Cortés incluido, se lamentan en las crónicas de las horribles matanzas de mujeres y niños (aunque no consta que hicieran gran cosa por evitarlas). En la conquista de México murieron unos 100.000 aztecas, por un bando, y por el otro 100.000 indios aliados y unos 100 españoles. Es decir, que en realidad fue una guerra de indios contra indios, dirigida por la habilidad de Cortés. De hecho, el ejército del conquistador estaba compuesto por 900 españoles y 150.000 indígenas.

Conquistado México, Cortés mandó dar tormento a Cuauhtémoc, el príncipe de diecinueve años que ocupaba el lugar de Moctezuma, para que dijera dónde estaba escondido el oro azteca. Cuentan que Hernán no quería torturarle y que se vio obligado a ello por la presión de algunos españoles: pero lo cierto es que metieron repetidas veces las manos y los pies del joven en aceite hirviendo. No habló, pero Marina debió de estar ahí, esperando, contemplando, callando.

En 1522 apareció de repente en México Catalina Juárez, la esposa de Cortés, llegada inopinadamente desde Cuba. Justo por entonces doña Marina estaba dando a luz a Martín, el primer hijo varón de Hernán, cosa que debió de enfurecer a Catalina, que no había tenido descendencia. Ella y su marido tuvieron frecuentes y públicas broncas, la última a los tres meses de la llegada de la mujer, durante una cena con más gente. Esa misma noche, Catalina apareció muerta en brazos de Cortés. En el juicio de residencia que se le hizo al conquistador años más tarde, varios testigos dijeron que el cuello de la mujer mostraba señales de estrangulamiento. Era una persona asmática y de salud débil, así es que quizá muriera de causas naturales; pero también parece bastante posible que, como muchos de sus coetáneos sostuvieron, Cortés la asesinara.

También en 1522, poco después de quedarse viudo, el emperador Carlos V concedió a Cortés el título de gobernador de la Nueva España, legalizando así su situación: hasta entonces había sido un rebelde contra el gobernador Velázquez. Fue el momento cumbre de nuestro hombre: lo había conseguido todo, riqueza, poder, fama. Un par de años más tarde, el capitán Olid, a quien había enviado al mando de una expedición a Honduras, se levantó contra él, lo mismo que él se había levantado contra Velázquez. Incapaz de permanecer inactivo, Cortés cometió el doble error de encabezar él mismo la expedición punitiva, y de dirigirse a Honduras por tierra. Con él iba Marina, naturalmente.

Iniciaron el viaje en otoño de 1524 y al principio todo marchó bien. Hasta que un día, de repente, "estando borracho", como dice un cronista, casó a doña Marina con uno de sus capitanes, Juan Jaramillo. Tremenda crueldad la de Cortés: conquistado México, la Malinche ya no le servía. Ella aceptó su destino con la misma callada dignidad y el mismo valor, tan admirado por Bernal, con que había llevado el resto de su vida.

Pero a partir de entonces todo pareció torcerse para Cortés, como si doña Marina hubiera sido el talismán de su buena suerte. El mismo viaje aquel se convirtió en una pesadilla: se perdieron en la selva durante un año, hambrientos y enfermos, y, en el entretanto, los funcionarios que el conquistador había dejado en México le dieron por fallecido y le robaron la hacienda. Se repuso Cortés de aquello y aún viajó un par de veces a España, y se casó por segunda vez, y tuvo más hijos, pero su estrella nunca volvió a brillar de la misma manera. Su vida fue un continuo decaer hasta la muerte, ocurrida en 1547 a los sesenta y dos años.

En cuanto a la Malinche, murió muy pronto, en 1527, tal vez de viruela o de melancolía, después de haber sido una leal esposa para Jaramillo y de haberle dado una hija. Este Jaramillo era un buen hombre; en 1530, siendo alcalde de México y viudo ya de doña Marina desde hacía tres años, le concedieron el altísimo honor de sacar el pendón en la fiesta de San Hipólito, instituida para celebrar el triunfo de los españoles sobre los indios: y él, para no tener que participar en la ceremonia, se ausentó de la ciudad ("quizá por respeto a la raza de su mujer"), con gran escándalo e indignación de las fuerzas vivas. Así de profunda y de perdurable debió de ser la influencia que ejerció en su entorno esta mujer, esta india principesca que, pese a haber muerto a los veintitrés años, se ha hecho un hueco en la Historia con el denso y sugestivo enigma de su vida.

La reina Victoria de Inglaterra
y el príncipe Alberto
En las horas sagradas de la noche

Primera gran sorpresa: la reina Victoria no era victoriana, si por ello entendemos esa personalidad estricta y amputada de la propia emocionalidad; esa disociación represora y puritana que Stevenson simbolizó en su novela *El extraño caso del Dr. Jekyll y Mr. Hyde*. Muy al contrario, la reina Victoria fue una mujer extraordinariamente sincera y espontánea; una persona arrogante y dominadora, pero llena de vida y de pasión. Para bien y para mal, estaba tallada en una sola pieza: era una gota minúscula de obcecación y fuego.

Segundo dato inesperado: la reina Victoria fue joven. Estamos acostumbrados a recordarla en la cúspide de su poder, esto es, en las fotos de la madurez, gruesa y deforme como un sapo, con los ojos saltones y una boca amarga de bulldog, pero en realidad Victoria fue coronada a los dieciocho años. Por entonces era una especie de gnomo de los bosques, muy bajita, tirando a rellenita, el pelo medio rubio, los ojos azules e inocentes aún no tan salidos de las órbitas, ya algo mofletuda pero pasable, una Reina-niña llena de entusiasmo: "Se ríe con ganas, abre la boca, enseña unas encías no muy bonitas, come con tantas ganas como ríe, se podría decir que zampa", registró un cortesano; "se sonroja y se ríe a cada paso de forma tan natural que, no es extraño, desarma a cualquiera".

Desde el primer momento cautivó a todo el mundo. Era un éxito fácil, porque llegaba al trono después de una larga lista de soberanos necios y tarados. La locura familiar de los Hanover planeaba sobre ella; y de hecho la Reina bordeó el abismo. El padre de Victoria era el duque de Kent (hijo a su vez de aquel rey demente que fue Jorge III), y su madre era una princesa del ducado alemán de Sajonia-Coburgo, cuya línea dinástica también estaba atiborrada de indeseables. Esta princesa y su hermano, el rey Leopoldo de Bélgica, decidieron educar a Victoria con gran austeridad y dentro de la más estricta moral, para que se apartara de la degeneración de las dos cortes, la inglesa y la sajona. El mundo estaba evolucionando vertiginosamente y emergía el sólido poder de la burguesía industrial y la clase media. La monarquía, Leopoldo lo sabía bien, tenía que convertirse en otra cosa si quería sobrevivir a las crecientes presiones revolucionarias. Para que todo pudiera seguir igual, era necesario cambiar algo.

Victoria, huérfana de padre desde los siete meses, fue criada bajo las instrucciones de Leopoldo. Nunca se le permitió estar sola, apenas si jugó con otras chicas y durmió en la misma habitación de su madre hasta los dieciocho años. Esto último era en parte por seguridad: los Hanover estaban enfrentados los unos a los otros en intrigas palatinas espeluznantes, y la madre de Victoria temía que la niña fuera secuestrada o incluso asesinada por su tío el duque de Cumberland, que era un monstruo ultraconservador. De manera que Victoria creció en una corte dieciochesca, con todas sus miserias y sus tinieblas; y, con su reinado, la monarquía británica entró en la modernidad novecentista.

En 1837, cuando le comunicaron que su tío Guillermo IV había muerto y que, por lo tanto, ella era la Reina, lo primero que hizo Victoria fue ordenar que trasladaran su cama fuera de la habitación de su madre;

y lo segundo, pasárselo de maravilla. Le entusiasmaba mandar, ser la soberana de la primera potencia del mundo, recibir pleitesías, cumplir airosamente con su papel; ya digo que todo el mundo estaba encantado de contar con una reinecita tan profesional tras tantísimos años de gamberros. "Siempre tengo que trabajar *una enormidad*, pero *me encanta* este trabajo", anotaba Victoria en su diario. Escribía con muchísimos subrayados y mayúsculas, con una vehemencia adolescente y cursi propia de su edad y de la mediocre formación intelectual que le habían dado. Era considerablemente inculta, pero poseía disciplina, y sentido práctico, y las mejores intenciones. Cuando a los once años supo que iba a ser Reina, dijo con total convencimiento: "Seré buena".

Tenía, sobre todo, una idea clarísima de su propia majestad y una aguda percepción de su lugar. Y ese lugar era a la vez arrogante y humilde, despampanante y sencillo, como el de una Reina de cuento o de leyenda. Poseía un sentido innato de la autoridad y estaba convencida de que, por el hecho de ser la Reina de Inglaterra, estaba autorizada a mandar mucho. Esto le creó problemas con sus Gobiernos. Al principio de su reinado, Victoria era una apasionada *whig* (el partido progresista) y odiaba a los *tories* (los conservadores); ese odio le hizo intervenir en la política de manera dudosamente constitucional, impidiendo que el jefe de la Oposición formara Gobierno. Para entonces habían pasado dos años desde su ascenso al trono, y la pequeña Victoria ya no parecía tan estupenda: era demasiado imprudente y obcecada. Era una Reina que quería reinar, lo cual podía acabar siendo un gran peligro.

El maquinador rey Leopoldo había decidido, años atrás, que Victoria debía casarse con Alberto de Sajonia-Coburgo: así todo quedaba en la familia. El príncipe

Alberto era primo carnal de Victoria y había nacido tres meses después que ella. Su padre, el duque, era un tipo disipado y mujeriego; su madre, cansada del maltrato, huyó a París con un oficial de la corte cuando Alberto tenía cuatro años, y murió en aquella ciudad poco después.

Alberto era un niño tímido, melancólico, enfermizo, inteligente. Es posible que los escándalos que rodearon su infancia le influyeran de manera reactiva para conformar en él un carácter tremendamente riguroso, ordenado y puritano. Le gustaba la música, leer, estudiar; también cazar, y montar a caballo. Pero no le gustaban las mujeres. "El Príncipe siempre tendrá más éxito con los hombres que con las mujeres, en cuya compañía muestra muy poca complacencia", escribió el barón Stockmar, una especie de tutor que el omnipresente Leopoldo puso a su sobrino. Lytton Strachey, en su deliciosa biografía sobre Victoria, insinúa que, por entonces (a los diecinueve años), el Príncipe mantenía una relación íntima con un joven oficial inglés, el teniente Francis Seymour.

Es muy posible, en efecto, que Alberto fuera homosexual, pero no creo que llegara a culminar ninguna relación: era un hombre demasiado reprimido para ello. Sin embargo, esa trastienda no asumida tal vez pueda explicar mejor la complejísima personalidad del Príncipe, que era a la vez un hombre progresista y un reaccionario, un déspota y un delicado intelectual. Él sí que fue el perfecto victoriano: era Dr. Jekyll, y llevaba encerrado al pobre Mr. Hyde en la estrecha cárcel de su voluntad.

Victoria y Alberto se habían conocido por primera vez a los diecisiete años, sabedores ambos de que la familia aspiraba a casarlos. Estuvieron juntos un par de semanas, y la adolescente y regordeta Victoria se quedó prendada de su primo. Porque Alberto era alto y guapo hasta el desmayo, con un cuerpo juncal e increíbles ojos azules. El diario de la por entonces todavía Princesa está lleno de anotaciones, furiosamente subrayadas, sobre los labios, los dientes, la mirada, la gracia, la inteligencia y el encanto de "mi *queridísimo* primo Alberto". Él, por su parte, se limitó a reseñar que Victoria "era muy amigable". Cuando al fin el muchacho se marchó, ella quedó desconsolada: "Lloré sin parar, amargamente".

No se volvieron a ver hasta tres años después. Victoria llevaba dos siendo la Reina de Inglaterra, y estaba disfrutando de su independencia y de su poder. Cuando el primo de Sajonia-Coburgo anunció su llegada, ella no se sentía demasiado dispuesta a comprometerse: "No quiero casarme hasta dentro de tres o cuatro años". Tampoco a él se le veía demasiado feliz; de hecho, postergó el viaje varias veces. Pero el intrigante Leopoldo estaba decidido a juntarlos; así es que al fin Alberto llegó a la corte inglesa el 10 de octubre de 1839. Era un jueves. El lunes, Victoria le comunicó a su primer ministro que quería casarse inmediatamente con Alberto; y el martes la trepidante Reina se declaró a su primo: "Le dije que *me colmaría de felicidad* si aceptaba mi petición [de boda]". De nuevo habían obrado milagros esos ojos, esos dientes blanquísimos, esos labios sensuales, ese talle tan fino y esos hombros tan anchos, accidentes físicos del muchacho que Victoria describe golosamente, una y otra vez, en sus diarios.

La Reina, en fin, ama con locura a Alberto; y Alberto, por su parte, ama ser amado, sobre todo por la Reina de Inglaterra, y más aún cuando esa Reina es un personaje tan lleno de vida y con una pasión tan desbordante: "¿Cómo es que he merecido tanto amor, tanto afecto?", la escribe, pocas horas después: "En cuerpo y alma siempre tu esclavo, tu leal Alberto". Está aturullado, alucinado, conmovido ante el paroxismo emocional que él (pobre de él, siempre tan retraído y tan solo) parece concitar. Alrededor del azorado Príncipe, la fenomenal Victoria relampaguea: "¡Oh! ¡Sentir que soy amada por un Ángel como Alberto es un *placer demasiado grande para poder describirlo*! Él es *la perfección*, la perfección en todos los sentidos, en belleza, ¡en todo!".

A los dos meses eran marido y mujer, pero los comienzos no fueron fáciles. En primer lugar, porque no gustó que la Reina se casara con un Príncipe pobretón y extranjero: se le hicieron coplillas insultantes, se habló de braguetazo… Y además, en fin, los dos tenían tan sólo veinte años y eran completamente distintos de carácter. Ella adoraba bailar hasta altas horas de la madrugada y luego ver salir el sol; él se quedaba dormido a las diez de la noche. Ella era toda energía, alegría y aturdimiento; él era un intelectual enfermizo y tristón. Y, sin embargo, consiguieron construir una relación extrañamente sólida.

A las seis semanas de la boda, Victoria se quedó embarazada: "¡Era lo ÚNICO que me espantaba que sucediera!". A la pobre Reina le desesperaba tener hijos, pero tuvo nueve, uno detrás de otro: la mayoría de ellos apenas si se llevaban once meses. Tras el noveno, en 1857, el médico le prohibió tener más niños: "¿Eso quiere decir que no voy a poder seguir divirtiéndome en la cama?", preguntó la compungida, carnal y muy inocente Reina. Es posible que a la pobre no la sacara nadie de su ignorancia, porque, en los años posteriores a aquel parto, Victoria y Alberto discutieron más de lo habitual, como si les faltara el cobijo sin palabras de la cama.

En realidad siempre discutieron mucho: ella tenía un carácter muy fuerte y perseguía a su marido de habitación en habitación, dándole la bronca, mientras él callaba tercamente. Pero Alberto siempre acababa saliéndose con la suya, porque ella continuaba amándole de un modo desesperado; y él, maravilla de las maravillas, seguía encontrando algo fundamental en ese amor y jamás coqueteó con otra (ni con otro). La Reina era su deber, y a él se entregó; pero además Victoria era probablemente lo más vital que Alberto tuvo jamás en su existencia. En 1861, pocos meses antes de su muerte, el Príncipe escribió a su mentor Stockmar: "Mañana nuestro matrimonio cumple veintiún años. ¡Cuántas tormentas lo han barrido! Y, sin embargo, continúa verde y fresco y echando raíces vigorosas". Se entendían, sí. Paseaban los dos por los bosques de Balmoral, viajaban de incógnito por Escocia… y, sobre todo, trabajaban cada día codo con codo en las áridas tareas del Estado.

Porque, a medida que el tiempo fue pasando, la figura de Alberto se agrandó más y más para la Reina. Inteligente, culto y laborioso, el Príncipe había conseguido no ya ganarse la confianza política de Victoria, sino convertirse en su consejero y su único apoyo. Era él quien le escribía los discursos, quien le decía lo que tenía que contestar a sus ministros. Y fue Alberto quien ideó, organizó y sacó adelante, contra todo tipo de dificultades, la famosa Exposición Internacional de 1851, una celebración de la técnica, la paz y el futuro que resultó ser un completo éxito.

Pero, al mismo tiempo, Alberto mantuvo un peligroso pulso contra el poder político. El desarrollo de la nueva sociedad democrática exigía que la monarquía fuera perdiendo progresivamente su poder real y que se convirtiera en un puro símbolo constitucional. Sin embargo, Alberto se opuso a ello con todas sus fuerzas. Era un Príncipe autocrático empeñado en mandar, participar, opinar, organizar. Se inmiscuía en todo, volvía locos a los ministros. Iba a contrapelo del fluir de los tiempos.

Temperamentalmente, Victoria era mucho más autoritaria y más mandona; pero poseía un notable sentido práctico, y al final acababa siendo más dúctil. Alberto, en cambio, era un ideólogo, un moralista, un hombre inflexible. Una inflexibilidad que el Príncipe aplicó también a sus hijos varones. Sobre todo al mayor, Bertie, con quien se comportó de una manera despótica y cruel: le obligaba a trabajar incesantemente, no le permitió jugar con otros niños… Cuando el muchacho cumplió diecisiete años, su padre le envió un informe explicándole que entraba en el mundo adulto y que "la vida se compone de deberes". Al leerlo, Bertie se echó a llorar.

Pero Alberto no exigía de sus hijos otra cosa que la misma mutilación que él se había hecho. Este hombre sarcástico y frío, incapaz de mostrar sus emociones, era un prisionero de lo correcto. Y así, había que comportarse con propiedad costara lo que costase: de hecho a él le costó primero la felicidad y, luego, la vida.

Porque el Príncipe era cada día más infeliz. Su belleza ("de tenor extranjero", dice desdeñosamente Strachey, que era un esnob) se deterioró rápidamente: engordó, echó papada, se quedó calvo ("ahora parecía un mayordomo", remacha Strachey). Sólo quedaban sus ojos, siempre maravillosos, profundos, melancólicos. Hipocondríaco y depresivo, se había entregado al trabajo de un modo patológico, hasta la obsesión, hasta el extenuamiento. Extenuado estaba en noviembre de 1861, y también alicaído y harto de sí mismo: "Si enfermase gravemente, no me esforzaría por conservar la vida: no me interesa tanto". En una visita oficial se empapó bajo la lluvia y cogió un resfriado. Fue empeorando semana tras semana, y al cabo se supo que tenía fiebres tifoideas. Murió el 14 de diciembre, sin ruido, sin espasmos, sin luchar. Tenía cuarenta y dos años. La Reina aulló como una bestia herida: "¡Ya no queda nadie que me llame Victoria!". El trono es un lugar muy solitario.

Entonces Victoria fue atrapada por la locura de los Hanover. Ella creía que iba a morir inmediatamente, pero en realidad vivió aún cuarenta años más. Y durante todos ellos vistió de luto. "¡Oh! ¡Yo que recé todos los días para que pudiéramos morir juntos! ¡Yo que sentí cómo me abrazaban aquellos benditos brazos, cómo me sostenían y apretaban en las horas sagradas de la noche, cuando parecía que el mundo era sólo nuestro y que nada nos podría separar!", escribió Victoria, con estremecedora elocuencia, al principio de su duelo interminable, recordando ese universo íntimo de penumbras y sábanas que es el secreto indecible de las parejas.

Destrozada y medio demenciada por el dolor, la Reina ordenó que pusieran una foto del Príncipe sobre la almohada y se acostaba abrazada al camisón de Alberto. Además los sirvientes tenían que sacar todos los días ropa limpia para el Príncipe, y cambiar el agua de su lavamanos (este rito se mantuvo durante cuatro décadas). Victoria abandonó toda actividad pública; incluso se negó a asistir a los consejos de sus ministros. Al fin, y después de mucho presionar, se logró que la Reina se sentara en una habitación adyacente y que escuchara las deliberaciones a través de la puerta abierta. Después, un intermediario transmitía sus regios comentarios a los ministros. Por los gobiernos europeos empezó a circular el rumor de que la reina Victoria se había vuelto completamente loca.

Mantuvo esa actitud durante cuatro años; y después, en vista de que, contra lo que esperaba, seguía viva, volvió a ir asumiendo sus responsabilidades poco a poco. Nunca abandonó los morbosos ritos mortuorios, pero en 1865 se trajo a Londres a John Brown, un rudo escocés que había sido el *valet* de Alberto y que a partir de entonces fue el criado privado de la Reina: la acompañaba a todas partes, dormía en una habitación contigua a la de ella, trataba a su Señora con una familiaridad harto chocante. Diecinueve años duró esa relación, sin duda amorosa, aunque no se sabe bien si llegó a ser carnal (teniendo en cuenta la vitalidad de Victoria, tiendo a pensar que sí), hasta la muerte de Brown en 1883. La Reina, en fin, sobrevivió a casi todo el mundo, incluidos cuatro de sus hijos. Cuando falleció, octogenaria y en 1901, fue enterrada en un carísimo panteón junto a su amado Alberto. Murió aparentemente en plena gloria, siendo la gran Emperatriz de la India y la orgullosa Reina de Inglaterra; pero en realidad la monarquía había ido perdiendo todo poder ejecutivo durante su reinado; y además empezaba el nada victoriano siglo XX y el declive fatal del Imperio Británico.

John Lennon y Yoko Ono
La vida alucinada

El caso es que John Lennon quería ser "auténtico". La aspiración de la "autenticidad" fue uno de los lugares comunes más extendidos en la época de la contracultura y del *hippismo*, esto es, a finales de los años sesenta y principios de los setenta. Los hijos de las sociedades ricas, liberados de problemas más acuciantes, estuvieron en condiciones de advertir que se sentían enajenados por el mundo consumista y posindustrial; y el uso de las drogas psicodélicas potenció su extrañamiento del entorno. Había que volver a los orígenes, rescatar al individuo real y bondadoso (el *hippismo* fue un movimiento cándido) que estaba sepultado bajo las miserias burguesas. *All you need is Love*, dirían los *Beatles*; todo lo que necesitas es Amor, y ese Amor nos haría regresar al Paraíso.

Pero el extrañamiento de John con el mundo venía de mucho antes y de lo más profundo de su ser. Lennon había sido un niño muy desgraciado. Nacido en 1940, sus primeros años transcurrieron en plena guerra; sus padres, Julia y Fred, se separaron muy pronto, y además, y según todos los indicios, eran un par de irresponsables. Cuando John tenía cinco años, Fred, que trabajaba como camarero en un trasatlántico, quiso llevarse al niño con él; pero John escogió quedarse con su madre. No volvió a saber de su padre hasta dieciséis años después (el hombre reapareció, qué sospechoso, cuando John se convirtió en un famoso *beatle*). Julia, por su parte, *traicionó* al niño: lo abandonó en manos de su rígida hermana Mimí y ella se marchó con otro hombre, con quien tuvo dos hijas. Vivían a cinco kilómetros de Mimí y de John, y el niño a veces veía llegar a su madre de visita con la cara sangrando por las palizas que le daba su pareja. Pese a todo, John adoraba a esa madre esquiva, que murió atropellada por un coche cuando él tenía dieciocho años. "Madre, tú me tuviste / Pero yo nunca te tuve / Yo te quise / Tú no me querías", escribió John, años después, en su desgarradora canción *Mother*.

Todo esto le convirtió en un niño feroz. A los cinco años y medio le expulsaron de la guardería por aterrorizar a una niñita. Era cruel, camorrista, violento. Tenía dentro de sí tanta agresividad y tanto dolor que, con diez años, pensaba de sí mismo que, "o bien era un genio, o bien estaba loco". Ya a esa temprana edad hacía cosas tan raras como mirarse fijamente al espejo durante una hora hasta que su cara se descomponía "en imágenes alucinantes". Fue un niño, y luego un adulto, trágicamente disociado, con infinitas personalidades en conflicto. Había en él tendencias paranoicas, egocéntricas y megalomaníacas, probablemente porque siempre anduvo rozando la disolución más absoluta. Esto es, tenía que luchar cada día para seguir siendo *algo* llamado John Lennon, o corría el pavoroso riesgo de no ser *nada*. Para John, en fin, la búsqueda de la "autenticidad" (de un Lennon *real* que estuviera más allá de la disociación y del dolor) era una cuestión de vida o muerte.

Pero el agujero negro no hizo sino agrandarse con el tiempo. Primero se convirtió en un adolescente gamberro que maltrataba a los débiles. Luego, con diecisiete años, se unió a Paul McCartney, que tenía quince, y a George Harrison, que tenía catorce, y montaron el primer conjunto. Poco después John se había convertido en un alcohólico. Se atiborraba de anfetaminas y estaba borracho todo el día. Sufría salvajes accesos de violencia: era un hombre al que todos temían. Albert Goldman, autor de una monumental y polémica biografía de Lennon, llega a decir que, durante su estancia en Hamburgo (estuvo tocando con Paul y George en un club de la Reeperbahn, la famosa calle de prostitución) John apaleó y robó a varios marineros; y que dejó a uno de ellos tan malherido que siempre temió haberlo matado.

Sea verdadera esta truculenta historia o no, lo cierto es que la violencia le acompañó durante toda su vida. Pegaba palizas a las mujeres, y en una fiesta casi liquidó a un pinchadiscos: le rompió la nariz, la clavícula y tres costillas porque le había preguntado si tenía una relación amorosa con su *manager*, Brian Epstein. La ferocidad de John sólo disminuyó durante los dos años que estuvo colgado del LSD (entre 1966 y 1968 tomó más de mil ácidos), pero esa calma, o más bien ese estupor, tampoco resultaba recomendable. La vida de John fue una conmovedora y constante lucha contra su propia violencia, que era algo que le espantaba de sí mismo. En 1974, durante unos breves meses de relativa paz y desintoxicación, Lennon le dijo a un periodista: "Recuerdo que, en la escuela, rompí el cristal de una cabina telefónica a puñetazos, o sea que había una especie de lado suicida y autodestructivo en mí que se está resolviendo para bien, creo, según me hago mayor, porque lo cierto es que nunca disfruté con eso. No me gusta despertarme y pensar, ¿qué pasó? ¿Maté a alguien?".

John conoció a Yoko a finales de 1966, al visitar una galería de Londres en donde ella estaba exponiendo. Lennon tenía veintiséis años, estaba en la cima de su éxito como *beatle*, hacía tres días que no dormía e iba volando en ácido. Yoko tenía treinta y tres años, llevaba quince intentando triunfar como artista sin conseguirlo y tenía fama de ser implacable a la hora de aprovechar a los demás en su beneficio. Ciertamente empezó a perseguir a Lennon desde el primer día.

Yoko Ono debe de ser una de las personas con peor imagen que hay en la Tierra. La gran mayoría de las opiniones que existen sobre ella son tan extremadamente negativas que resultan difíciles de creer . Ha sido calificada de ambiciosa hasta el paroxismo, de dura, violenta y egocéntrica; de maquinadora e insensible. "Es una majadera insoportable", decía Truman Capote de ella: "La persona más desagradable del mundo". Ono se consideraba una artista genial, y se atribuía la creación del *Flower Power*, del *happening* y del arte conceptual; según ella, si su inmensa valía no había sido reconocida, era a causa del racismo y del machismo. La obra de Ono no parece gran cosa: pequeñas ingeniosidades conceptuales como hacer un cuadro con un agujero en el centro a través del cual ella estrechaba manos; *happenings* consistentes, por ejemplo, en la aparición de Yoko en un escenario, vestida de negro y con unas grandes tijeras, para que los espectadores fueran cortando trocito a trocito todas sus ropas; películas vanguardistas como *Culos* (el retrato de 365 culos de personas), o *Sonrisa* (55 minutos de la cara de John Lennon sacando la lengua y sonriendo), e insufribles discos llenos de gorgoritos. Pero algo de razón debía de tener en cuanto a la discriminación por ser mujer y oriental, porque otros artistas de vanguardia alcanzaron el estrellato sin hacer mucho más.

Ono se había educado en Estados Unidos, pero pertenecía a la aristocracia japonesa. Su abuelo había sido el fundador del Banco de Tokio; su padre estaba a la cabeza del Banco del Japón. Viniendo como venía de una cultura extremadamente sexista en donde las mujeres no tenían ninguna oportunidad, hay que concederle a Yoko el mérito de su propia intrepidez y de su rebeldía. Se casó con un compositor japonés de vanguardia; se separó de él; se quiso suicidar; fue internada en un psiquiátrico en Japón; se casó con Tony Cox, un aventurero norteamericano; tuvo una hija con él, Kyoko, a la cual no prestaba ninguna atención. Y en ésas estaba cuando conoció a John, que, a su vez, estaba casado con Cynthia y tenía un hijo, Julian, a quienes descuidaba malamente. Se me ocurre que Yoko debía de ser una mujer tan disociada como Lennon: sólo que su desequilibrio era más feo, más antipático. Tal vez Aspinall, el *manager* de gira de los *Beatles*, expresó lo que la mayoría pensaba cuando la definió como "esa loca señora japonesa".

Desde luego los primeros momentos de su relación estuvieron marcados por la locura. El éxito fabuloso de los *Beatles* había empeorado, como era previsible, la angustia de John (la fama es un juego de espejos deformantes), y las drogas habían arrasado con lo que quedaba. Mientras Paul McCartney evolucionaba, aprendía nuevas formas musicales y conducía a los *Beatles* hacia el rock de vanguardia, el genial John se bloqueaba y se hundía en el marasmo.

Entonces, en 1968, apareció el Maharishi Mahesh Yogui, un santón indio, y los lisérgicos *Beatles* se convirtieron en un santiamén en sus seguidores, hasta el punto de irse a la India detrás de él a hacer meditación. Pero a los pocos meses descubrieron que el *guru* les engañaba: que se acostaba con sus seguidoras, que se aprovechaba del dinero de sus fieles… En su desencanto, John, que había permanecido limpio de drogas durante la aventura espiritual, se metió un cóctel brutal a su regreso a Londres: ácido, alcohol, anfetas y *speedball* (una mezcla de cocaína y heroína). Se le fundió la tapa de los sesos y de pronto creyó ser Dios; así es que convocó una reunión formal con todos los *beatles* y les notificó que había descubierto que era Jesucristo, y que *Apple* (la compañía formada por el grupo) tenía que sacar inmediatamente un comunicado de prensa informando al mundo de tan trascendental noticia. Los otros *beatles* asintieron (nadie se atrevía a oponerse al violento John cuando estaba así), pero dijeron que era una noticia de tal magnitud que *Apple* tenía que estudiar con mucho cuidado la manera en que debía de hacerse pública. Terminada la reunión, John se volvió a casa; estaba chiflado y se sentía solo, porque Cynthia se encontraba de viaje; de modo que llamó a Yoko, con la que llevaba acostándose clandestinamente durante algún tiempo. Yoko llegó y ya no se marchó. Cuando Cynthia regresó, descubrió que su casa ya no era más su casa.

La historia de John y Yoko no puede entenderse cabalmente sin enmarcarla dentro del tiempo en que fue vivida: esos años frenéticos en los que todo parecía ser posible. Por entonces la realidad convencional se había hecho trizas, y las drogas se encargaban de rubricar ese destrozo. Todo el mundo iba *colgado*: en la fiesta que el *rolling stone* Mick Jagger celebró en un club londinense para festejar su veinticinco cumpleaños, el ponche tenía *methedrina* y los pasteles que servían los camareros en bandejas de plata habían sido cocinados con hachís. La gente vivía al límite, en el borde del abismo, buscando, al otro lado del precipicio, alguna nueva realidad capaz de ordenar el espantoso caos. Por eso John probó con el Maharishi; y después con Janov, un excéntrico psiquiatra de Los Ángeles que ponía a sus pacientes a reptar por el suelo y a berrear, en plena regresión, llamando a mamá y chupándose el dedo; y luego Ono y él coquetearon con un hipnotizador que decía estar relacionado con los extraterrestres; y por último se metieron, de la mano de Yoko, en el ocultismo, el Tarot, la magia y la brujería. En eso estuvieron los cinco últimos años de la vida de Lennon: y Yoko obligaba a John a dar extrañas vueltas al mundo, de cuando en cuando, porque esos absurdos vuelos eran venturosos y atraían buenas vibraciones sobre el viajero.

Y, por si todo este batiburrillo fuera poco, como fondo estaba el telón del radicalismo: el pacifismo contra la guerra del Vietnam, el feminismo, el importante movimiento reivindicativo de los negros, la lucha contracultural por una sociedad no consumista y no capitalista. Hoy la mayoría de los discursos de entonces suenan cándidos, pero lo cierto es que se consiguieron cosas increíbles: en Ann Arbor (Estados Unidos), o en Cristianía (Dinamarca), los *hippies* se hicieron con el gobierno del lugar. Se crearon negocios cooperativos, hospitales, supermercados, tiendas de ropa en donde no se pagaba con dinero, sino que cada cual cogía según sus necesidades y aportaba su trabajo o lo que podía. Durante un breve tiempo, en fin, pareció que soñar era una manera de cambiar el mundo.

John y Yoko participaron a su modo en toda esa fiebre, en ese paroxismo generacional magnífico y pueril al mismo tiempo. Por ejemplo, hicieron varios *happenings* consistentes en pasarse una semana entera en la cama y recibir allí a los periodistas para hablarles de paz. Claro que, sobre este tema, John y Yoko no tenían nada especialmente inteligente que decir. Por ejemplo, sobre la guerra de Vietnam, John dijo en 1968: "Es otra muestra de locura. Es un aspecto más de la locura de la situación. Es simplemente una locura. No debería continuar. No hay razón para ello. Sólo locura". Resultaba un poco aterrador ver a John Lennon, tan sarcástico, ácido y agudo en sus comentarios cuando era más joven, convertido en una especie de papanatas bobalicón y repitiendo junto a Yoko Ono los pánfilos tópicos de la paz y el amor. Tal vez Yoko (que carecía por completo de sentido del humor) resultara abrasiva para él; o tal vez fueran los estragos del alcohol y las demás drogas.

Parece que, cuando empezaron a vivir juntos, tanto John como Yoko estaban ya colgados de la heroína. Pronto estuvieron colgados de la metadona, a la que habían recurrido para desintoxicarse del caballo sin saber que esta nueva droga enganchaba igual. Hubo periodos en clínicas, y constantes e infructuosos esfuerzos por liberarse de la adicción: en una ocasión, John se hizo atar a una silla durante tres días: "Treinta y seis horas / Retorciéndome de dolor / Implorándole a alguien / Que me libere de nuevo / Oh, seré buen chico / Por favor, cúrame / Te prometo cualquier cosa / Sácame de este infierno / El *mono* me viene persiguiendo", dice Lennon en su espeluznante canción *Cold Turkey* (literalmente *Pavo Frío*, que es como los ingleses llaman al *mono* o síndrome de abstinencia). Al parecer, y durante el resto de su vida, John estuvo entrando y saliendo del caballo, así como de feroces depresiones que le mantuvieron durante años en la cama, prácticamente sin levantarse y apenas sin comer, porque padecía trastornos anoréxicos.

También Yoko pasó sus etapas de depresión, pero en general parecía hundirse mucho menos que él, tal vez porque siempre estuvo impulsada por la ambición de triunfar y la rabia de no lograrlo (los discos que sacaron juntos fueron un desastre), o tal vez porque simplemente era más fuerte. John llamaba a Yoko *Madre*; y sin duda la necesitaba más que ella a él. En cualquier caso vivían pegados el uno al otro, alimentando una fantasía de identidad. "Después de que todo está dicho y hecho, nosotros dos somos realmente uno. Los dioses sonrieron sobre nuestro amor, querida Yoko", escribió John en su último disco. Repitieron y repitieron hasta el final que eran iguales, que eran almas gemelas y que se adoraban, quizá intentando creerlo, puesto que la extrema rareza de uno mismo ya no es tan dolorosa ni tan loca si hay otro igual que tú. Pero, por otra parte, tenían terribles broncas; Goldman dice que de cuando en cuando se atizaban el uno al otro soberanas palizas y que pasaban semanas sin hablarse. Era una vida alucinada.

En 1973, John dejó a Ono y se marchó con May Pang, su secretaria, una joven china encantadora (mientras Yoko, a su vez, perseguía a otro hombre). Los nueve primeros meses fueron el infierno: totalmente borracho, John se pegó con sus *fans*, fue echado a patadas de un par de locales, le abrió la cabeza a su guitarrista, mordió la nariz a un músico, destrozó varios apartamentos e intentó estrangular a May Pang media docena de veces con insistente empeño. Pero los siguientes nueve meses fueron un oasis. Lennon se calmó, bajó radicalmente el consumo de drogas y emprendió una vida doméstica y amorosa junto a la suave May. Iban a comprarse una casa juntos cuando Ono reaccionó y atrapó de nuevo a John entre sus redes. Volvió a cerrarse sobre ellos esa extraña relación, tan interdependiente y tan teatral: porque Yoko vivía instalada en el *happening*, en la representación de su dicha familiar puertas afuera (en 1980 contrató un avión para que escribiera con humo, sobre Nueva York, una felicitación de cumpleaños para John y Sean, el hijo de ambos), pero puertas adentro la cotidianidad seguía siendo turbulenta, y hay testigos que aseguran que, a la muerte de John, la pareja caminaba hacia el divorcio (aunque lo más probable es que no sea cierto: hay relaciones cuya adherencia aumenta con el deterioro).

John murió de cuatro tiros el 8 de diciembre de 1980, a los cuarenta años, sin haber alcanzado la "autenticidad", pero también sin haber cejado en su doliente búsqueda: ésa fue su mayor grandeza, su heroicidad privada. Su asesino, Chapman, era un chalado de veinticinco años, un hijo del LSD en pos de sus quince minutos de celebridad. Al día siguiente del asesinato, Yoko hizo montar a toda prisa una grabación con palabras de Lennon, y con eso compuso la cara B del *single* que ella estaba a punto de sacar. Por cierto que es el único trabajo de Yoko Ono que ha llegado a venderse de manera masiva.

Mariano José de Larra y Dolores Armijo
Atracción fatal

Cuenta la leyenda oficial que Mariano José de Larra (1809-1837), el mejor representante español del Romanticismo, fue un hombre tumultuoso, emotivo y doliente, como corresponde al tópico del romántico; y que, en la flor de la edad y en la cumbre del éxito, enloqueció por una mujer casada y se voló la cabeza de un disparo por pura desesperanza enamorada. Pero las leyendas, ya se sabe, esquematizan y a menudo traicionan la realidad. La vida de Larra tiene muchos más ingredientes, más matices. Y un buen puñado de enigmas sin resolver.

Era un joven bajito, atildado, fastidioso, un petimetre. Los grabados le muestran con mofletes carnosos, boca floja, ojos grandes pero ahuevados. Un rostro blando y algo bovino rematado por un absurdo copete de pelo en el que cada rizo estaba atusado con precisión maniática. Era tan primoroso, tan obsesivamente recolocado al vestirse y peinarse como suelen serlo los adolescentes enamoradizos que se sienten feos. Feíllo sí que debía de ser, o más bien poco *sexy* para las mujeres; en cuanto a la adolescencia, tengo para mí que, en el terreno emocional, nunca llegó a abandonarla. Intelectualmente, sin embargo, era un monstruo, un portento. Fue un niño prodigio y un adulto precoz. Sus textos, brillantes y profundos, siguen hoy vigentes. No hay nada en ellos de esa blandura que parece deslizarse por sus mejillas.

Larra era el hijo único de un médico culto y extravagante, el doctor Mariano de Larra, un ardiente afrancesado partidario de José I, alias *Pepe Botella*, el rey que el invasor Napoleón impuso en España. Por entonces la sociedad española vivía un agitado pulso entre la modernidad y el inmovilismo, entre la reacción cerril y una apertura hacia el progreso que nunca llegó a cumplirse cabalmente, lo cual nos descolgó durante más de un siglo del desarrollo histórico europeo. Dentro de ese marco, ser afrancesado era una opción política más que patriótica, hasta el punto de que la guerra de la Independencia tuvo mucho de guerra civil, como lo demuestra el hecho de que un hermano del doctor Larra murió luchando contra los franceses, mientras que él se hizo médico del ejército invasor. De modo que, cuando Napoleón fue derrotado en 1813, la familia Larra se vio obligada a huir a Francia.

El pequeño Larra tenía a la sazón cuatro años, y aquello debió de ser el principio del final. Quiero decir que hasta aquel momento había sido la joya de la casa: era hijo y nieto único (en Madrid vivía con sus padres y sus abuelos), un niño rico y previsiblemente muy mimado. Pero de pronto fue sometido a un éxodo durísimo, y luego abandonado, interno durante cuatro años en un colegio de Burdeos, en donde es de suponer que las cosas no le fueron fáciles: era demasiado inteligente, demasiado sensible y extranjero. Algunas personas pierden así de temprano el paraíso y luego el resto de sus vidas es decaer.

Cinco años más tarde los Larra regresaron a Madrid al abrigo de una amnistía, y para entonces el niño apenas si recordaba el idioma español. De nuevo era diferente: un afrancesado. Por lo visto era un chico serio y triste y apenas si tenía amigos en el colegio. Precoz e interesado en la política, tal vez asistiera en 1823 a la ejecución pública del general Riego, símbolo del liberalismo revolucionario. Eran años malos para los progresistas. En vida de Larra siempre lo fueron, incluso cuando hubo progresistas en el Gobierno.

A los dieciséis años se matriculó en Leyes en la Universidad de Valladolid, pero entonces sucedió uno de los primeros episodios enigmáticos de su vida: al parecer se enamoró como un desesperado de una mujer bastante mayor que él, y de pronto descubrió que era la amante de su padre. Dicen que este sórdido enredo de vodevil, tan novecentista y tan burgués, le partió el corazón. Lo cierto es que abandonó no sólo los estudios, sino también la casa familiar: se fue a Madrid, se buscó un empleo administrativo en el Estado y empezó a vivir por su cuenta.

Todo esto sucedía durante la *década ominosa* (1823-1833), esa época especialmente infame del reinado de Fernando VII, cuando el reaccionarismo triunfó con mayor rigor: en 1831, por ejemplo, dieron garrote vil a la jovencísima Mariana Pineda por el simple hecho de haber bordado sobre una bandera las palabras *Ley, Justicia y Libertad*. Pues bien: en esas duras circunstancias, con toda la prensa prohibida, salvo los diarios oficiales, y teniendo tan sólo dieciocho años, Larra se las apañó para publicar, en 1828, un folleto satírico y crítico titulado *El Duende*. El periodiquillo tuvo una vida errática y en constante enfrentamiento con la censura, hasta que fue clausurado por orden gubernativa pocos meses después. Pero lo insólito es que lograra siquiera publicarlo. El Larra profesional siempre fue un hombre experto y hábil: era en lo personal en donde naufragaba. Mordaz, altivo y desdeñoso, no era un tipo que cayera simpático. Aunque tenía unos pocos amigos muy amigos (Espronceda y el conde de Campo Alange, sobre todo), era demasiado crítico y demasiado misántropo como para poder relacionarse sin conflictos con la gente.

Siempre fue por libre, siempre fue diferente, un desarraigado de su entorno. Era un perfecto hijo del Romanticismo, esto es, un "individualista exasperado", como dice Umbral en su interesante ensayo sobre Larra. Los románticos destruyeron el antiguo orden establecido (patria, dios, costumbre, moral), y se quedaron solos, desamparados y arrogantes, frente a la negrura: el moderno vacío existencial comenzó con ellos. Esa percepción más bien trágica de la vida se avenía con el temperamento melancólico de Larra, que era un hombre capaz de considerar que todos los días 24 de cada mes eran días nefastos, sólo por el hecho de que él había nacido un 24.

Sin embargo también estuvo lleno de entusiasmo y de energía. De muy joven, por ejemplo, participó en la famosa *Partida del Trueno* de Espronceda, compuesta por muchachos airados y bohemios que rompían farolas y asolaban las noches madrileñas. Y además amaba su trabajo. Pero sobre todo estaba apasionadamente comprometido con la causa liberal, o, más bien, con la modernización de España. Todo su trabajo se realizó en tiempos muy difíciles y en constante pugna contra el poder, y sus cartas personales están salpicadas de oscuras referencias a secretos y peligros. Era un opositor, un disidente en la cuerda floja.

Tras la muerte de *El Duende* sacó otro folleto, *El Pobrecito Hablador*, que le conquistó un temprano éxito. Y luego escribió en *La Revista Española*, firmando como *Fígaro*. Sólo tenía veintitrés años y para entonces ya era famosísimo. Siendo como era locamente precoz, se había casado en 1829, a los veinte años, con Pepita Wetoret, una niña bien con la que enseguida se llevó muy mal. Me imagino al hipersensible y emocionalmente necesitado Larra tirándose de cabeza a los brazos de la primera muchacha que le miró. El matrimonio resultó una catástrofe: Larra era un inmaduro que prefería irse a su tertulia del *Parnasillo*, en el café del Príncipe, antes que estar con su mujer o ganar dinero para la casa, y Pepita era una persona celosa e insufrible. Tuvieron tres hijos, pero el tercero, nacido en 1833, no fue nunca reconocido por Larra. Al cabo, a principios de 1834, Pepita abandonó el hogar, dejando a Mariano José con los niños. Mal que bien, él se hizo cargo de ellos. A veces les cuidaba con mimo paternal; a veces les depositaba durante temporadas en casa de sus padres. Siempre fue bastante desastroso con su vida.

La ruptura final del matrimonio de Larra vino empujada por la relación, conflictiva e intermitente, que éste mantenía con Dolores Armijo. Dolores era una sevillana morena y guapa que escribía poemas y que era la esposa de un tal José María Cambronero. Cuando Larra y ella se conocieron, en 1831, él tenía veintidós años y ella apenas veinte. Los dos llevaban dos años casados, y los dos estaban desencantados de sus cónyuges. Larra, que debía de ser un pardillo con poquísimos conocimientos amorosos, quedó prendado de ella. Y yo me imagino que, al menos al principio, ella también debió de sentirse enamorada.

Y digo me imagino porque Dolores Armijo, la mujer por la que supuestamente Larra se mató, es uno de los mayores misterios de su vida. Los biógrafos apenas si le prestan atención: ha pasado a la historia como una caricatura, como una casquivana incapaz de apreciar el esplendor del amor de Larra, como una beldad coqueta y displicente que le empujó a la muerte. Sin embargo, si se conocieron en abril de 1831 y el escándalo no saltó hasta finales de 1834, es que ella dudó, porfió y temió, con toda razón, entregarse a él.

Al poco tiempo la noticia había recorrido Madrid de cabo a rabo: en aquellos años la ciudad no era más que un corralón reverberante de comadreos y rumores. Tiempo después, rota ya la relación entre ellos, Dolores se quejará ante un intermediario de que el escritor era hombre que "apenas recibía un favor mío iba al café y a las tertulias a contarlo". Me lo creo: no por grosero alarde de seductor, sino, justo al contrario, por emoción incontenible de pazguato y de feo, por la necesidad de proclamar a los cuatro vientos que la bella le amaba; y también por la inmadura y egoísta ambición de provocar la ruptura entre Dolores y su esposo, para así tenerla toda para él. El caso es que, para principios de 1835, el asunto es público y notorio. El marido de Dolores la saca de Madrid y la *destierra* a Badajoz. Debieron de ser unos momentos horriblemente amargos para ella.

Y también para Larra, por supuesto, que instaló a los niños con sus padres y salió detrás de ella acompañado por su amigo el conde de Campo Alange. Llegó hasta Badajoz, pero no consiguió verla; entonces siguió viaje hacia Portugal, y luego marchó a Londres, y después a París. Aparentemente iba a cobrar unas deudas de su padre; en realidad estaba huyendo del escándalo y de su propio dolor. Lo más probable es que llegara a plantearse la posibilidad de dejarlo todo atrás y de comenzar una nueva vida en Francia. Porque además, y para esas alturas, *Fígaro* ya se sentía agotado con la cuestión política.

En 1834, mientras se desarrollaba el melodrama de su vida privada, la vida pública española se había ido haciendo cada vez más asfixiante para él. Fernando VII había muerto a finales de 1833, y, acabada la *década ominosa*, llegaron al poder los liberales: fue un momento de esperanza para Larra. Pero inmediatamente estalló la guerra civil carlista (el infante don Carlos, hermano de

Fernando VII y representante de la España más tenebrosa y reaccionaria, aspiraba al trono que ocupaba Isabel, la hija del rey), y el Gobierno cometió mil errores y se mostró incapaz de frenar la barbarie. Mes tras mes la situación empeoraba. La censura, por ejemplo, era más fuerte que nunca. Exasperado, Mariano José publicó un agudo comentario en *La Revista*: "Nunca escribo yo más artículos que cuando mis lectores no ven ninguno, de suerte que en vez de decir '*Fígaro* no ha escrito este mes', fuera más arrimado a la verdad decir el mes que no hubiesen visto ni un solo *Fígaro* al pie de un artículo: '¡Cuánto habrá escrito *Fígaro* este mes!'". Sólo en otoño de 1834 le prohibieron seis textos.

Así es que a Larra se le pasó por la cabeza dejarlo todo atrás y mudarse de país y de vida. Empezó a publicar artículos en París, pero a los pocos meses se dio cuenta de que le costaría mucho alcanzar en Francia el mismo éxito que ya había conquistado en su país. Además Mendizábal había llegado al poder en España y las cosas parecían moverse de verdad: "Visto que ha llegado el momento de que mi partido triunfe completamente, no quiero verme detenido aquí", escribió Larra a sus padres. De modo que, tras medio año de aventura europea, Larra regresó a Madrid. El diario *El Español* le contrató por 20.000 reales anuales: una fortuna. La vida le sonreía. En enero de 1836 sacó su primer artículo: *Fígaro de vuelta*. Estaba exultante: "Si alguna cosa hay que no me canse es el vivir", escribía.

A través de los artículos publicados por Larra en ese año se puede seguir el proceso de su deterioro, el paso atroz desde la esperanza a la desolación. Partidario al principio de Mendizábal, muy pronto la lucidez y la radical honestidad de *Fígaro* le enfrentaron con él. Criticó, por ejemplo, la nueva Ley electoral, que primaba el derecho de voto de los más ricos: "No hay cosa para elegir como las muchas talegas; una talega difícilmente se equivoca; dos talegas siempre aciertan, y muchas talegas juntas hacen maravillas", escribió con sarcasmo. De nuevo un Gobierno liberal traicionaba las esperanzas de Larra. El escritor tenía unas ideas demasiado avanzadas para la época: tan avanzadas que sus críticas le enajenaron el apoyo de los liberales más ortodoxos. Empezaron a tacharle de reaccionario, sólo porque denunciaba las inconsistencias del Gobierno. Cada vez se encontraba más solo.

Tal vez esta soledad fue lo que le impulsó a dar un paso trascendental: cuando en mayo del 36 cayó Mendizábal, siendo sustituido por el más moderado Istúriz, Larra decidió presentarse a las elecciones como diputado. Por cierto que también la hermosa Dolores debió de influir en ello, aunque sin pretenderlo.

Al regresar de París, Larra se había puesto a buscar a Dolores desperadamente. Al fin la localizó a través de un amigo común: estaba en Ávila, pero no quería saber nada de él. Larra le mandó, siempre con ayuda del mismo intermediario, unas letrillas amorosas, y la única respuesta de la bella fue: "Buen hipócrita está". Pues bien, Larra se presentó a diputado por Ávila, de modo que es posible que pensara que así iba a poder estar más cerca de Dolores, o que la impresionaría con su cargo. En agosto de 1836, *Fígaro* salió elegido. Pero las maniobras de Mendizábal contra Istúriz dieron por resultado el motín de sargentos de La Granja. Istúriz cayó y las elecciones se anularon; Larra fue diputado sólo por veinte días. Su situación era penosa, porque no podía seguir haciendo crítica política en sus artículos: al presentarse a las elecciones había perdido su proverbial independencia.

Una tras otra se le iban cerrando, en ese año aciago de 1836, todas las puertas: y para colmo su amigo el conde de Campo Alange murió combatiendo contra los carlistas. Los textos de Larra eran cada vez más desesperados: "Escribir en Madrid es llorar, es buscar voz sin encontrarla como en una pesadilla abrumadora y violenta. Porque no escribe uno ni siquiera para los suyos. ¿Quienes son los suyos? ¿Quién oye aquí?". Mientras tanto se desarrollaba el último acto de la tragicomedia amorosa. ¿Puede un hombre inteligente, digno y conmovedor comportarse como un necio en lo que atañe a los sentimientos amorosos? Sí puede: según todos los indicios, Larra fue un perfecto mentecato.

No se sabe muy bien qué sucedió en aquellos meses finales, pero parece que el marido de Dolores la abandonó por fin. *Fígaro* debió de creer que, una vez libre, podrían amarse: no había entendido nada. Derrotado en todo lo demás, se obsesionó con ella. Pero Dolores no le quería; de hecho, tenía otro amante. Dicen que Larra, perdidos por completo los papeles, retó en duelo al rival. Es de imaginar el horror de la mujer: por un fugaz espejismo amoroso, por una equivocación de juventud, se había encadenado a una pasión enfermiza. Había despertado la atracción fatal de un pelmazo patológico, de un indeseable que la había arrastrado por el escándalo y que seguía persiguiéndola de manera inclemente año tras año.

De modo que el 13 de febrero de 1837 decidió poner fin a esa pesadilla. Le envió una carta a Larra muy de mañana diciendo que quería pasarse por su casa a hablar con él. Mariano José, enajenado por su pasión, creyó que venía a hacer las paces. A la caída de la tarde recibió a Dolores, que llegó acompañada por una amiga. Mientras la amiga se quedaba discretamente en la antesala, Dolores y Larra vivían la violencia de la última escena. Él suplicaba; ella insistía en que todo había terminado para siempre y reclamaba sus cartas. Al fin Larra se vio obligado a admitir la realidad; entregó las cartas a la mujer y ésta salió de la habitación. Pero aún no le había dado tiempo a abandonar el piso cuando escuchó el estampido fatal del pistoletazo. Mariano José de Larra acababa de volarse la cabeza; le faltaban unas pocas semanas para cumplir veintiocho años. Llevaba seis meses pensando en suicidarse (sus textos están llenos de referencias) pero ahora, al saltarse los sesos con tanta premura, en realidad se estaba vengando sádicamente de Dolores. Ningún biógrafo ha contado qué fue de esa mujer y si sobrevivió a tan brutal revancha.

Lewis Carroll y Alice Liddell
La vida en la frontera

De joven tenía un aspecto cursi y atildado, un poco ridículo, con unos rizos muy repeinados volando por encima de sus orejas. Luego, al irse haciendo mayor, se fue marchitando educadamente, sin estridencias, manteniendo la misma expresión ausente y seria (no hay ninguna foto suya en la que sonría) pero adquiriendo un aspecto más y más melancólico, como si le estuviera devorando la tristura. Había en él algo crudo o inacabado: se diría que le faltaba un hervor para ser por completo una persona. Según todos los indicios, cuando murió, a los sesenta y cinco años y de pulmonía, aún era virgen.

Lo cual, claro está, no quiere decir que no conociera el amor. Porque Charles Lutwidge Dodgson, mundialmente conocido por su nombre de pluma, Lewis Carroll, amó con extrema pasión a Alice Liddell, una niña de diez años en cuyo honor escribió el celebérrimo cuento *Alicia en el País de las Maravillas* y su segunda parte, *A través del espejo*.

Además de esos dos libros, que le conquistaron la fama literaria como creador del *nonsense*, o humor del absurdo, Carroll escribió otros cuentos y poemas, y veinticinco tratados de matemáticas y de lógica que salieron a la calle bajo su respetable y aburridísimo nombre de Charles Dodgson. Porque Carroll, hijo de un sacerdote rígido y conservador, era profesor de matemáticas. Vivió durante cuarenta y siete años en la Universidad de Oxford, en donde enseñaba. Por lo visto era un profesor malísimo: los alumnos desertaban a bandadas de sus clases. Ya digo que su parte Dodgson resultaba muy aburrida: era un personaje obsesivo, puritano, melindroso, petardo.

Sin embargo, y si se mira bien, no era del todo respetable: se convirtió en la comidilla de todo Oxford por su obsesión en fotografiar niñas desnudas. Él ordenó que todas esas fotos *atrevidas* fueran destruidas a su muerte, pero ha sobrevivido al menos una: la de Evelyn Hatch, una cría como de nueve años. Viene reproducida en la interesante biografía de Michael Bakewell, y es un retrato que espeluzna: Evelyn está tumbada con el cuerpo de frente, una rodilla flexionada y los brazos detrás de la cabeza: o sea, con la misma postura estereotipadamente pornográfica de las rubias rollizas en los calendarios de camioneros. Es una fotografía sin duda perversa: en nuestros tiempos han metido a personas en la cárcel por retratos así. Pero el pedófilo Lewis Carroll se las arregló para bordear toda su vida la línea del escándalo sin acabar de cruzarla.

Dodgson (1832-1898) tuvo tres hermanos y siete hermanas y vivió los once primeros años de su vida en mitad del campo, pues su padre era párroco en un pequeño pueblo de Cheshire, en Inglaterra. Carroll se refiere a veces a su infancia catalogándola como el más maravilloso de los paraísos, y los biógrafos suelen apresurarse en despachar la turbadora afición de Carroll por las niñas con el argumento de que las pequeñas le recordaban su infancia feliz. *Nonsense*, dan ganas de decir, como exclamaría, dentro de su cuento, la propia Alicia: tonterías. La vida nunca es tan simple y, en cualquier caso, Carroll salió bastante malparado de esa infancia que se supone espléndida.

De once hermanos que eran, sólo se casaron tres: el ambiente familiar no parecía predisponer a lo que, por entonces, era la única opción a una vida sexual normalizada. Tanto Carroll como seis de sus hermanas eran tartamudos, y ese impedimento del habla debió de hacer aún más duro el paso de Dodgson por la escuela pública de Rugby. Fue enviado allí con catorce años (tartaja, delicado, sensible, de aspecto casi femenino) y permaneció en el internado hasta los diecisiete. Al parecer fue una experiencia brutal: algunos biógrafos dicen que su traumatizada sexualidad viene de ahí. Siempre fue, en cualquier caso, un hombre fatalmente escindido. Siendo como era una persona buena, débil y dócil, no fue capaz de oponerse a los designios de su rígido padre. Carroll adoraba el teatro y tenía un talante artístico, juguetón, rebelde y creativo. Pero la voz del padre (el mandato interiorizado, el deber ser) le hizo tomar las órdenes menores y hacerse diácono.

Toda su existencia transcurrió por esos dos caminos divergentes: Dodgson el clérigo, vestido siempre de negro hasta la barbilla, extremadamente conservador en todas sus manifestaciones religiosas o políticas, cursi y meapilas, tan gazmoño que era capaz de abandonar un teatro, furibundo, si un actor varón salía vestido de mujer. Y Carroll el genial y transgresor, con un sentido del humor capaz de volver todas las convenciones patas arriba, amante de un arte de vanguardia como era por entonces la fotografía, inconformista, absorto sobador de niñas pequeñas. Era, en fin, un perfecto representante de la dualidad, la represión y la hipocresía de la época victoriana: recordemos que Stevenson escribió su *Dr. Jekyll y Mr. Hyde* (una fábula que le va a Carroll pintiparada) en 1886, esto es, en pleno apogeo de la Reina Victoria.

La colosal medida de su represión se advierte en sus diarios personales, en los que casi nunca describe sus sentimientos. Las emociones parecen estar prohibidas, al margen de cierta sentimentalidad estereotipada, como, por ejemplo, exaltados párrafos explicando que amar a las niñas es como amar la obra de Dios. Fuera de esto, y de algunas entradas atormentadas y bastante crípticas sobre el azote de los "pensamientos impuros", ese diario íntimo no revela ninguna intimidad. Y es que en Carroll la intimidad debía de ser un abismo innominable y más allá de todo reconocimiento. Se diría que nunca pudo admitir de manera consciente que las niñas le atraían sexualmente: para él esa extraña obsesión adquiría el disfraz de una emoción estética purísima y seudorreligiosa. Y, para que no salieran los monstruos subterráneos a atormentarle, encerraba sus fantasmas dentro de una jaula de cálculos lógicos. Dodgson el matemático, siempre ocupado de un modo obsesivo en hacer complicadísimos cómputos mentales, mantenía de esa manera a raya la oscuridad.

Su vida fue un gigantesco eufemismo. Por ejemplo, Carroll siempre dijo que le encantaban los niños, así, en general. Sin embargo, odiaba a los chicos varones: le repelían, incluso le espantaban. "Excuse la grosería de mi lenguaje (no sé cómo decirlo más finamente)", le escribió al ilustrador de uno de sus cuentos infantiles, "pero en el libro no puede haber, de ninguna de las maneras, un dibujo en el que se vea el trasero desnudo de un niño varón, ni siquiera de un niño muy pequeño." En realidad sólo le gustaban las chicas, y especialmente las que tenían entre nueve y doce años. Cosa que acabó reconociendo con una frase muy carrolliana: "Adoro a los niños, con excepción de *los* niños".

Cuando conoció a Alice Liddell, la pequeña tenía cuatro años y Dodgson veinticuatro. Primero se quedó prendado de Lorina, la hermana mayor de Alice, que a la sazón había cumplido siete. Y aún había otra hermana más pequeña, Ethel, de dos. Eran las hijas de uno de los decanos de Oxford: Dodgson las veía jugar en el jardín del decanato y se le caía la baba. Empezó a visitarlas todos los días, hasta abrumar a la señora Liddell con su presencia. Les hacía fotos y regalos, les enviaba cartas. A medida que pasaron los años, Alice se convirtió en la preferida. La retrataba disfrazada de mendiga, de modo que los harapos dejaban los hombros y parte del pecho de la niña al desnudo: por entonces (él aún era muy joven) no se atrevía a más. En los veranos empezó a hacer excursiones en barca con las niñas Liddell. En esos viajes estivales y hermosos les contaba cuentos que iba improvisando sobre la marcha.

Un día, el 4 de julio de 1862 (Carroll había cumplido treinta y dos, Alice diez), Dodgson explicó a las tres niñas una estupenda historia protagonizada por una Alicia que se caía dentro de la madriguera de un conejo blanco. Alice, entusiasmada, le pidió que escribiera ese cuento y se lo regalara. Y Carroll, siempre embelesado con su bella, se puso manos a la obra esa misma noche. El manuscrito de la primera versión del libro, que se llamó *Las Aventuras de Alicia Bajo Tierra* y que incluía dibujos del propio Dodgson, no fue terminado hasta noviembre de 1864. Pero, para entonces, la relación entre Carroll y Alice había saltado hecha pedazos (aun así, le envió el manuscrito de regalo).

La ruptura fue en el verano de 1863, a raíz de un enfrentamiento con la señora Liddell. Algunos biógrafos sostienen que Dodgson pidió la mano de Alice, y que fue rechazado de tan malos modos (la niña tenía once años, él treinta y uno) que la amistad se enfrió definitivamente. Pero mucho tiempo después, una Lorina octogenaria escribió a su hermana Alice recordando las circunstancias de la riña con Carroll: "Cuando te fuiste haciendo mayor sus maneras contigo eran demasiado cariñosas y mamá le dijo algo; y eso le ofendió tanto que todo se acabó".

La señora Liddell siempre había sentido hondas y comprensibles suspicacias frente a ese joven diácono tan raro que se empeñaba en pasarse la vida pegado a sus hijas como un sinapismo. Además, Carroll era un sobón: besaba muchísimo a las niñas, las sentaba sobre sus rodillas, las acariciaba todo el rato; y les escribía misivas de verdadero enamorado (la madre de Alice hizo que, tras la ruptura, la niña rompiera todas las cartas de él). Este comportamiento debió de ser especialmente extremado en el caso de la adorada Alice, de modo que es fácil imaginar lo que la señora Liddell pudo decirle a Dodgson aquella tarde de verano. Unas palabras tan aterradoras que él no llegó a mencionarlas nunca en sus diarios.

¿Y Alice? Según sus coetáneos fue una mujer especialmente hermosa y seductora: el príncipe Leopoldo, hijo pequeño de la reina Victoria, se enamoró perdidamente de ella cuando la conoció, aunque, por supuesto, una boda con una plebeya estuviese por completo descartada. Las fotos de Carroll la muestran morena, con el pelo corto y unos ojos azules de expresión profunda e inolvidable. Coquetea con él en los retratos, o, más bien, le fulmina con la mirada, como una pequeña reina que se sabe segura de su poder. Probablemente amó a Dogdson a su modo: tiempo después, tras haber pasado muchos años sin tener ninguna relación con él, puso a su tercer y último hijo el nombre de Caryl (aunque siempre negó que fuera por Carroll).

Mientras Alice crecía fuera de su alcance, y se casaba con un joven guapo y vulgar, y llevaba una existencia convencional, la vida de Dodgson se hacía más y más excéntrica cada día. Empezó a tener decenas de "amigas-niñas", para lo cual se valía de pueriles estratagemas.

Por ejemplo, viajaba con una maletita repleta de juguetes: recortables, tijeritas diminutas, muñecos. Cuando encontraba a una niña en el tren, enseguida abría su baúl maravilloso. Y comenzó a pasar los veranos en una ciudad costera, Eastbourne, por la facilidad con que "ligaba" con las niñas en la playa. Incluso llevaba imperdibles en el bolsillo por si había que recoger las faldas de las crías para caminar de la mano por el borde del agua. Al final de cada año, anotaba, como si fuera un donjuán, la lista de todas sus conquistas. En el entretanto, había publicado *Alicia en el País de las Maravillas*, que era una versión levemente retocada del manuscrito original. El libro fue un gran éxito, y eso allanó mucho el camino de sus coqueteos: aunque en su vida social estaba empeñado en mantener oculto que él era Lewis Carroll, a las niñas enseguida les decía que él era el autor de ese libro infantil que todas adoraban. Y ellas, claro está, caían rendidas.

Hay otras extravagancias algo más turbias. Por ejemplo: aún siendo un clasista insufrible, empezó a frecuentar a las niñas actrices porque sus familias no eran tan miradas a la hora de permitir que se fotografiaran desnudas o que salieran solas con un señor mayor extrañamente amante de los críos pequeños. Intimó con una pintora, Gertrude Thompson, que dibujaba pequeñas hadas desnudas y utilizaba modelos reales. Esta amistad le sirvió a menudo de tapadera: Gertrude le mandaba modelos desde Londres, niñas pobres que posaban sin ropa para sus fotos. La necesidad que Dogdson sentía de retratar crías en cueros empezó a ser tan obsesionante que se convirtió en un peligro para él. Escribía locas cartas a las madres de las niñas, preguntándoles cuál era la mínima cantidad de ropa con que podría fotografiar a las pequeñas ("claro que lo mejor sería sin nada"), y pidiendo que dejaran venir solas a las niñas. Y si las madres contestaban, con natural alarma, que sus hijas irían en cualquier caso acompañadas, entonces Carroll les mandaba furibundas misivas, mortalmente ofendido en su dignidad por esa falta de confianza en él. Al pensar en Dodgson, es imposible no recordar a Humbert Humbert, el protagonista de *Lolita*, la hermosa novela de Nabokov.

Su insensatez y su audacia acabaron creando tal escándalo en Oxford que al fin, en 1880, Dodgson se vio obligado a dejar para siempre la fotografía: puesto que no podía seguir retratando nenas sin ropa, no haría ni una sola instantánea más. Y así, de la noche a la mañana, abandonó una afición en la que había estado inmerso durante un cuarto de siglo. Lo que no abandonó, sin embargo, fue la visión de esas carnes secretas y dulcísimas: ya no las fotografiaba, pero hasta el final de su vida continuó pintando crías desnudas. Eso sí, con un poco más de discreción y en el taller de Gertrude.

Así fue transcurriendo su existencia, en una frustrante sucesión de niñas que se sentaban en sus rodillas y que luego crecían y le abandonaban ("el amor de los niños es una cosa efímera"). Todas esas pequeñas a las que él besaba apretujadamente y para quienes inventaba mundos formidables guardaron un recuerdo maravilloso de él: las relaciones que establecía eran sin duda enfermizas, pero no parece que dañaran a las criaturas. Yo imagino a Dodgson marchitándose como un solterón, sin atreverse ni tan siquiera a respirar para no despertar a la niña (cualquier niña) que estuviera dormitando en su regazo: y me conmueve. Todo ese amor sobre el vacío, tanta imposibilidad, la infinita soledad y el desamparo. La vida de Carroll fue una melancólica vida en la frontera, en el estrecho límite que media entre la cordura y la insania.

Y su mayor amor, la pasión primordial sobre la que se fueron repitiendo como un débil calco las demás,

fue Alice Liddell. El recuerdo de Alice encerraba la inocencia de la primera vez, un batir de remos en el agua, el
brillo moteado del sol entre las hojas, el calor de la
juventud y del verano, la belleza del mundo y de las cosas.
Ya lo dejó bien claro Dodgson cuando escribió a Alice
en 1885 (él tenía cincuenta y tres años, ella treinta y tres)
para pedirle el manuscrito original de *Las Aventuras de
Alicia Bajo Tierra*, con el que quería hacer una edición
facsímil: "Mi querida señora Hargreaves [su nombre
de casada], supongo que esto le sonará como una voz de
entre los muertos, después de tantos años de silencio;
y sin embargo (…) mi pintura mental de la que fue,
durante tantos años, mi niña-amiga ideal, es tan vívi-
da como siempre. He tenido montones de niñas-amigas
desde entonces, pero todas han sido otra cosa".

Mucho tiempo después, en 1928, Alice se vio obligada a subastar ese manuscrito. Tenía setenta y seis años
y vivía sola con Caryl: sus dos hijos mayores habían muerto en la I Guerra Mundial, y su marido había fallecido
un par de años atrás. Empobrecida y anciana, el regalo
de Carroll la sacó de la ruina y le permitió arreglar su
casa, que se caía a pedazos. Con motivo de la venta hubo
algunos actos públicos y celebraciones, y Alice participó
en ellos, reviviendo con gracia e ingenio su papel de musa
literaria. De modo que, a su vejez, Alice regresó al cálido
río de su infancia y volvió a ser Alicia. Pero hoy todo esto
ya es también historia.

Amedeo Modigliani y Jeanne Hébuterne
La perdición

Todos llevamos dentro de nosotros, agazapada, nuestra propia posibilidad de perdición, el abismo íntimo por el que podemos desplomarnos; y a menudo la llave que franquea la puerta del fatídico pozo es una relación sentimental. La historia de Amedeo Modigliani y de Jeanne Hébuterne es la historia de un doble destrozo. Es un relato que espanta, porque está lleno de degradación y de violencia. En la marginación real no hay épica. Sólo miseria, daño y desconsuelo.

Patrice Chaplin, autora de un original e interesante libro sobre Amedeo y Jeanne, muestra un curioso empeño en reivindicar esa relación caníbal como una historia de amor; y en pintar a la Hébuterne de un modo favorable. Resulta muy difícil, sin embargo, sentirse atraído por ninguno de nuestros dos protagonistas. Sí compadecida; sí conmocionada. Pero irritan, como irrita y desazona la irremediabilidad de la decadencia.

De hecho, todo en la vida de Modigliani fue decaer. Judío sefardita, nació en Italia en 1884, hijo de un banquero arruinado. Fue la madre, refinada y enérgica, quien salvó de la miseria a la familia abriendo un colegio. Esa misma madre mantuvo a Amedeo a base de cheques mensuales durante toda su vida, y alentó su vocación artística. Porque Modigliani, desde luego, ardía de ambición. A los diecisiete años le escribió a un amigo: "Yo mismo soy el instrumento de fuerzas poderosas que nacen y mueren en mí. Me gustaría que mi vida fuera una fértil corriente que fluyera alegremente sobre la tierra". Esas fuerzas poderosas eran las demandas de su innegable talento. De manera que Modigliani llegó a París en 1906, con veintidós años y dispuesto a triunfar. A partir de entonces todo fue descender.

Físicamente era muy poca cosa, esmirriado y bajito (apenas si medía un metro y sesenta y cinco centímetros), los hombros estrechos, el tórax rectilíneo. Para cuando se instaló en París ya había sufrido fiebres tifoideas y pleuresía, y padecía la tuberculosis crónica que al final le mató. Pero toda esa menudencia enfermiza quedaba borrada bajo su magnetismo. Era moreno, con el pelo rizado y la mirada ardiente, extremadamente bello y seductor. Enloquecía a hombres y a mujeres: Cocteau dijo de él que era "esplendoroso". Cuando no estaba borracho, cuando se sentía contento (raras veces), era un ser encantador. Todos hablan de su aire aristocrático, de su elegancia natural. Siempre iba exquisitamente vestido, limpio y bien afeitado, toda una proeza dada la vida que vivía. Sus trajes de terciopelo y su bufanda roja se hicieron célebres.

También era aristocrático y extremadamente individualista en su temperamento y en el modo de entender el arte, que era para él una especie de misticismo, una entrega romántica y absoluta: "La belleza plantea exigencias dolorosas". Nunca se llevó bien con sus coetáneos: Amedeo reivindicaba el subconsciente en un momento en que imperaba el cubismo. "Queréis organizar el mundo", le dijo al pintor cubista Fernand Léger, "pero el mundo no puede ser medido con una regla." La divergencia fue aún mayor cuando, a partir de la Revolución Rusa de 1917, la mayoría de los artistas se alinearon con los bolcheviques: Amedeo era demasiado pesimista, demasiado escéptico para poder creer en el socialismo. Le hubiera ido mucho mejor con los surrealistas, tan radicales, violentos y ácratas como él; pero el surrealismo hizo su aparición cinco años después de la muerte de Amedeo. De modo que Modigliani siempre estuvo solo, siempre estuvo fuera de lugar; y ello debió de formar parte de su fracaso.

Porque sus cuadros no gustaban. Hoy es difícil comprender ese rechazo, tan clásicas nos parecen sus obras. Pero sus largos cuellos resultaban grotescos, sus pinturas eran tachadas de "horrorosas" y sus desnudos, con el sexo bien visible, levantaban furores. El caso es que, cuando llegó a París, Modigliani expuso en el Salón de Otoño, y no obtuvo ni ventas ni críticas. Expuso en el Salón de los Independientes, con el mismo resultado. Intentó buscar marchante y no lo consiguió. No vendía ni un solo cuadro. Hizo esculturas, y el desdén del público fue tan total que terminó tirándolas a un río. Mientras tanto, a su alrededor los artistas triunfaban; todos menos él, aunque él *tenía* talento. Esa injusticia le pudrió.

Luego estaba, además, la vida bohemia. Es decir, vivir sin un duro, porque el dinero de *mamá* se gastaba enseguida, y porque, durante los años de la guerra, el envío se suspendió, hundiendo a Modigliani en la extrema miseria. Dormía en pensiones de mala muerte o en los bancos del parque. Andaba todo el día ciego de hachís y bebía como un suicida. Borracho, se peleaba con todo el mundo: era pendenciero, atroz e intolerable. Rompió obras de artistas enemigos y arrojó por una ventana (que además estaba cerrada) a una de sus amantes, la escritora británica Beatrice Hastings.

Toda esta desmesura no era demasiado extraordinaria en el ambiente de Montmartre y Montparnasse de aquellos años. En su biografía de Simone de Beauvoir,

Claude Francis y Fernande Gontier dibujan un vívido retrato de la bohemia parisién en aquella época. El centro de la vida de Modigliani era el café de La Rotonde. Allí hacía retratos al instante por cinco francos, para poder comer (o más bien beber). Entre los parroquianos había un tipo que llevaba media nariz pintada de rojo y media de amarillo; y otro que amenazaba a los peatones con un gato furioso para que le dieran unos céntimos. Todo el mundo se acostaba con todo el mundo y las enfermedades venéreas hacían estragos. Se organizaban fiestas bárbaras que acababan en la comisaría o en grandes peleas, en el transcurso de las cuales se arrojaban los unos a los otros por el hueco de la escalera. Modigliani era famoso porque recorría los locales bebiéndose las copas de los demás parroquianos hasta caer redondo. Los turistas se acercaban a los cafés de los artistas para dejarse estremecer por la perversidad de la vida bohemia: y Modigliani, con su olímpico, impresionante alarde de auténtica autodestrucción, resultaba de lo más decorativo y pintoresco.

En La Rotonde apareció un día Jeanne Hébuterne, una muchacha de dieciocho años que estudiaba arte, como su hermano André, en la Academia Colarossi. Era hija del cajero de unos grandes almacenes, una familia de típica clase media, convencional, decente y ordenada. Jeanne era menuda, con la piel cerúlea y el pelo castaño recogido en trenzas. Tenía unos enormes, inquietantes ojos azules: en las pocas fotos que existen de ella no parece fea, pero sí extraña. Hablaba poquísimo, hasta el punto de que algunos amigos de Modigliani no recordaban después haberle oído decir ni una sola palabra, y padecía cierta tendencia a la melancolía. Tenía buena mano para el dibujo, aunque sus obras son parecidísimas a las de Modigliani: una influencia normal, teniendo en cuenta que Jeanne era tan joven. Amedeo la llevaba trece años.

Jeanne era más original a la hora de confeccionar sus propias ropas: vestía llamativas túnicas, exóticos turbantes. Cuando apareció por La Rotonde causó un moderado interés: a fin de cuentas era carne joven y nueva, y los habituales debían de estar calculando quién se la ligaba. Ganó Modigliani, que tenía la bien fundada fama de acostarse con todas sus modelos. Le hizo un retrato a Jeanne y se enrollaron. Esto fue en 1917.

Pero el caso es que Jeanne era virgen, probablemente la primera virgen que Amedeo había encontrado en su vida. Su inocencia tal vez despertó en Amedeo al latino paternalista y tradicional. Jeanne era como la novia formal: se acostaban, pero ella seguía viviendo con sus padres. Además, en los veinticinco retratos que Modigliani le hizo no hay un solo desnudo. Esa celebración del cuerpo sensual, esa fiebre de la carne que desprenden los cuadros de sus otras modelos, está por completo ausente en las obras que reflejan a Hébuterne. Ella, como modelo, aparece bulbosa, informe, bien tapada.

Al poco tiempo, sin embargo, los padres de Jeanne se enteraron del romance, y echaron a la chica de casa. Hébuterne se fue a vivir con Modigliani a un estudio de la calle de la Grande Chaumière. Ese estudio había sido puesto a disposición de Amedeo por el polaco Zborowski, el único marchante que de verdad se interesó por él y que se dejó la piel intentando vender, sin ningún éxito, los cuadros de su protegido. De hecho, y gracias a los esfuerzos de Zborowski, aquel año de 1917 se encendió una pequeña luz esperanzadora: una galerista de París aceptó hacer una muestra individual de Modigliani. Pero la exposición fue clausurada por la policía el mismo día de su inauguración, por mostrar en un cuadro el vello púbico. Aquello debió de empeorar considerablemente la desesperación y la paranoia del artista.

Por otra parte, la vida en común con Hébuterne no cambió las costumbres de Amedeo. En realidad, era muy poco en común. Modigliani comía fuera, salía, entraba, a veces incluso pintaba en el piso de Zborowski, y no llevaba a Hébuterne a casa de los amigos ni a los cafés. Seguía bebiendo como una esponja y comportándose en las distancias cortas como un indeseable. A menudo se iba a comprar cigarrillos y no volvía a aparecer hasta tres días después a hombros de un amigo. Una noche le vieron en los jardines del Luxemburgo, muy borracho, empujando y tirándole del pelo a Jeanne. Era un hombre violento.

No es de extrañar que al poco tiempo ella se sintiera enferma (grandes dolores de cabeza: una pura metáfora del cuerpo) y fuera a recuperarse con su madre. Viajaron juntas a la Bretaña, y allí supo Hébuterne que estaba embarazada. Sus padres, preocupados, se entrevistaron con Modigliani: dada la situación querían que se casara con la niña, aunque siendo pobre, judío, grosero y fracasado, fuera un partido lamentable. Modigliani les dio largas: estaba enfermo y desesperado, la guerra interrumpía los envíos de dinero de su madre, se moría de hambre. Entonces Zborowski tuvo una idea genial: se irían todos a Niza, en donde la tuberculosis de Amedeo mejoraría y conseguiría tranquilidad para pintar. El plan no sonaba del todo mal, pero terminó convirtiéndose en un disparate.

Emprendieron el viaje en marzo de 1918: Zborowski y su mujer, los artistas Soutine y Foujita, Amedeo, Jeanne y… ¡la madre de Jeanne! La situación desvela el carácter inmaduro y desbaratado de la muchacha: durante meses vivió con su madre en una granja de la Costa Azul, mientras que Amedeo residía en otra (y dejaba embarazada a la granjera) o bien en un hotel de prostitutas de Niza. Modigliani y la madre de Hébuterne discutían todo el día por la chica, como perros disputándose la presa, mientras la propia Jeanne permanecía atónita y callada, criando el panzón de su embarazo.

Al fin, la madre se dio por vencida: era evidente que Modigliani no se iba a casar por el momento. Estaba demasiado ocupado en hacerse echar de todos los hoteluchos en los que se alojaba a causa de las broncas etílicas que organizaba. Dos semanas después de acabarse la I Guerra Mundial, Hébuterne tuvo una niña. Modigliani, embelesado con su hijita, se fue a inscribirla en el Ayuntamiento, pero en el camino se perdió de tal modo en las celebraciones que la niña nunca llegó a ser registrada.

El cáncer de la perdición iba creciendo de manera inexorable en torno a ellos. Por mucho que se empeñe Patrice Chaplin, no puedo creer que Modigliani amara a Jeanne. Sí amaba a su hija, aunque fuese a su manera, y posiblemente sintiera por Hébuterne un agudo complejo de culpabilidad, e incluso esa ternura esclavizante que uno experimenta por aquel que te ama por encima de sí mismo y que supuestamente lo ha dado todo por ti. Pero también debía de sentir agresividad, y violencia, y desesperación: la furia sorda del que se sabe atrapado por la implacable tiranía del débil.

Y la relación (la degradación) continuó. Jeanne, que seguía viviendo separada de Amedeo, padecía una depresión posparto, no tenía leche para alimentar a la niña y apenas si disponía de dinero para pagar a una nodriza. Zborowski les daba lo que podía, pero Amedeo se lo bebía y se lo fumaba todo.

En mayo de 1919, Modigliani huyó a París. Dijo que se iba por dos días, pero no volvió. Allí se puso a vivir con Lunia, una hermosa polaca; se emborrachaba menos, pintaba, se le veía mejor. Pero Jeanne no podía consentirlo, por supuesto. A finales de junio se presentó en París con la niña y con una amarga sorpresa: estaba embarazada de nuevo. "No tenemos suerte", dijo Modigliani.

El verano aquel fue el infierno. Ahora sí que vivían juntos, ahora sí que Amedeo no podía escapar, salvo muriendo. Hacía un calor que fundía los adoquines, la niña lloraba todo el día, Jeanne estaba deprimida y él se había embarcado en una última, furiosa carrera hacia la destrucción: escupía sangre, había perdido todos los dientes (qué destrozo para el hermoso Modigliani), todas las noches terminaba en la cárcel por culpa de sus delirios pendencieros. Los amigos, preocupados, sacaron a la nena de aquel ambiente pavoroso y la metieron en un hospicio. Luego Lunia y Zborowski intentaron llevarse de París al propio Modigliani. Al principio Amedeo estaba de acuerdo, pero, cuando le vinieron a buscar, la embarazada y lívida Hébuterne bajó con él a la calle: no se irían a ningún lado sin ella. Así se abortó el último intento de fuga.

Modigliani no se atrevió a dejar a Jeanne. Tal vez por cobardía; o tal vez porque, en el fondo, Amedeo no era una mala persona. O quizá, simplemente, por la mecánica fatal de la perdición. Cuando uno se instala en el daño, hay algo que te impele a aumentar el dolor, de la misma manera que la lengua acude una y otra vez a la pequeña herida de una encía hasta convertirla en una llaga. Y así, Amedeo y Jeanne cumplieron ávidamente todos los pasos de la catástrofe. Es posible que cada uno por su lado hubiera conseguido salvarse y ser más feliz; y es posible que no, porque los dos llevaban dentro, cada cual a su modo, la negrura.

Entre esas tinieblas interiores vivieron las últimas semanas. Para entonces el comportamiento de Modigliani se había hecho tan atroz que rompió con los escasos amigos que le quedaban, incluso con Zborowski. Estaban solos, solos entre las ruinas de sí mismos.

Una noche trajeron a Modigliani a casa comido por la fiebre y delirando. Jeanne le metió en la cama y se sentó a cuidarle. Era el mes de enero de 1920. No tenían carbón, no tenían agua (había que bajar a la fuente del patio a recogerla y la embarazada Jeanne estaba muy débil), apenas si disponían de alimentos. Durante una semana permanecieron olvidados por todos y encerrados en el estudio, tiritando, bebiendo alcohol, comiendo sardinas en lata. Amedeo agonizaba y Jeanne se dibujaba a sí misma suicidándose. Ella apuntó en su diario que en esos días Amedeo le susurró bellas declaraciones de amor y palabras dulcísimas. Seguramente fue verdad: seguramente la amó por entonces con la complicidad de los animales que comparten el fin, con la desesperación de los últimos supervivientes del Apocalipsis. Luego Amedeo empezó a padecer dolores horribles: se le había declarado una tuberculosis meningítica.

Al séptimo día apareció por el estudio el pintor Ortiz de Zárate. Horrorizado, hizo ingresar a Modigliani en el hospital de la Beneficencia. Jeanne, embarazada de nueve meses y aturdida, fue depositada en casa de sus padres. Quiero decir que nuevamente fueron los demás quienes decidieron por ella, porque Jeanne no pudo volver a ver con vida a Amedeo. El pintor murió tres días después con grandes sufrimientos. Era el 24 de enero de 1920 y tenía treinta y cinco años.

Horas después, a las cuatro de la madrugada del día 25, Jeanne, a punto de parir, se arrojó de espaldas a la calle desde la casa de sus padres. Era un quinto piso y se mató en el acto. Un obrero encontró el cuerpo y lo subió; pero André, el hermano de Jeanne, se negó a aceptarlo y dijo que se lo llevaran al estudio de Modigliani.

El obrero metió al tripudo cadáver en una carretilla y lo trasladó hasta la calle de la Grande Chaumière: pero la portera no quiso admitirlo. De nuevo aquel operario, con compasión ejemplar, acarreó el pobre y rechazado despojo por el barrio hasta la comisaría. La policía acabó con el grotesco peregrinaje extendiendo una orden que obligaba a la portera del estudio a admitir a la muerta. Y allí quedó abandonado el cuerpo de Jeanne.

El entierro de Modigliani fue un fenomenal acontecimiento público. Para entonces las obras de Amedeo habían experimentado ya una vertiginosa y fulminante revalorización: de la nada a la gloria, previo pago de la propia vida. Hébuterne fue enterrada casi en soledad en un cementerio de extrarradio, pero nueve años después el hermano de Modigliani consiguió que los restos fueran trasladados a la misma tumba. Ahí están ahora, en fin, en el célebre cementerio parisién de Père Lachaise, los dos juntos bajo la misma lápida, dulcificados por la imaginación y la leyenda, como si se hubieran amado tiernamente.

Los Borgia
Querido padre, querido hermano

Hace cinco siglos que murieron, pero el nombre de los Borgia (del papa Alejandro VI, de sus hijos César y Lucrecia) sigue sabiendo a oscuridad y veneno. Personificaron a la perfección el Renacimiento, esa época monumental, luminosa y sombría, que supuso el tránsito del feudalismo a la modernidad. Bárbaro y refinado al mismo tiempo, el mundo renacentista descubrió la Razón y el Individualismo: es la hora de Leonardo da Vinci, de Copérnico y de Galileo, de Erasmo y de Kepler. Pero se seguía torturando por sistema, se quemaba a los herejes en las plazas públicas, se creía en brujas y en prodigios, se abusaba, se mentía y se asesinaba. César Borgia y el papa Alejandro abusaron, mintieron y asesinaron especialmente bien, incluso para los parámetros de la época. Tan bien que Maquiavelo escogió a César como modelo principal de su celebérrimo *El príncipe*. Tanto Alejandro VI como su hijo fueron hombres encendidos por la ambición del poder y la gloria, pero también por las pasiones de la carne. Es muy posible que los dos fueran amantes de Lucrecia, hija del Papa y hermana de César. Este incesto triangular y célebre es uno de los rincones más impenetrables dentro de sus turbulentas biografías.

La saga de los Borgia había empezado unos años antes, cuando el español Alfonso de Borja, arzobispo de Valencia, fue elegido Papa en 1455 con el nombre de Calixto III. Al parecer, y para los niveles de la época, este

Pontífice no era especialmente sinvergüenza. Fue un buen jurista, y su único descarrío notorio consistió en un desenfrenado nepotismo, ese vicio tan hondamente español. En los tres años que duró su mandato, Roma se llenó de familiares, amigos y compatriotas del Borja, todos con cargos estupendos. Sobre todo benefició a su sobrino Rodrigo, al que nombró vicecanciller, el primer puesto en importancia después del mismo Papa.

Este Rodrigo Borja, enseguida italianizado a Borgia, había nacido en Játiva en 1431. Tenía diecisiete años cuando fue nombrado obispo de Valencia gracias a las influencias de su tío, y veinticinco cuando alcanzó la poderosa vicecancillería. Desde entonces hasta su proclamación como Pontífice, treinta y seis años después, el hábil y manipulador español mantuvo su cargo bajo diversos Papas. Era un hombre fuerte, de grandes narices, ojos penetrantes y labios gruesos. Un físico carnoso y animal que, en contraste con su refinada educación y su elegancia, debía de resultar irresistible: "Atrae a las mujeres como el imán al hierro". Decir de él que fue un mujeriego es quedarse muy corto: tuvo una fama imperecedera de inmoral, y los relatos picantes de sus orgías corrían de boca en boca, hasta el punto de que el papa Pío II tuvo que reconvenirle por escrito a causa de una bacanal especialmente notoria.

Sería sin embargo un gran error considerar a Rodrigo Borgia como el más malvado de los malvados sin tener en cuenta que vivió en una sociedad perversa y corrupta en donde el crimen y la atrocidad eran algo común. Mientras que en el resto de Europa empezaban a conformarse los grandes estados modernos, Italia vivía fragmentada en un puñado de pequeños estados y repúblicas: Milán, gobernada por los Sforza; la señoría de Venecia, con sus nobles y su dux; Florencia, bajo el puño de los Médicis; Nápoles, en donde reinaba una dinastía aragonesa; y Roma, el feudo del Papa. Todos se odiaban y se temían entre sí, de modo que hacían lo posible por fastidiar y fragmentar los poderes enemigos: se aliaban, se traicionaban, se engañaban, se guerreaban y se asesinaban, sobre todo por medio del puñal nocturno y de la ponzoña. "El veneno formaba parte de la familia", dice Guillaume Apollinaire en su delirante libro sobre los Borgia. Era un mundo bestial: Galeazzo Sforza, señor de Milán, envenenó a su madre. El cardenal Hipólito de Este, cuñado de Lucrecia Borgia, le sacó los ojos a su propio hermano; Malatesta violó a sus hijas y a su yerno. Todas estas tropelías y estas matanzas crepusculares quedaban impunes, o en todo caso eran respondidas por otros asesinatos, por las *faihide* o venganzas legales.

Por entonces Roma era mucho más pequeña que cualquiera de sus ciudades enemigas: contaba con unos 80.000 habitantes, cifra que incluía a unas 8.000 prostitutas (las cuales, por cierto, le pagaban al Papa un impuesto anual de 20.000 ducados). Más que una ciudad, Roma era un inmundo villorrio medieval que apenas si ocupaba la tercera parte de las fantasmales ruinas de la Roma clásica, y que estaba permanentemente arrasado por la peste y por la delincuencia. Las oscuras y peligrosas noches romanas se llenaban de antifaces y revuelos de capas, de gemidos y sangre. Todos parecían dedicarse en Roma al arte de matar, desde los truhanes a los príncipes: "Cada día se encuentran aquí gentes asesinadas, cuatro o cinco cada noche, incluso obispos", registró un cronista de la época.

No se sabe con exactitud cuántos hijos tuvo Rodrigo Borgia. Cuando se enamoró de Vanozza Catanei ya tenía por lo menos tres vástagos, y con la bella Vanozza (a la que casó tres veces con maridos consentidores, para disimular) tuvo cuatro hijos más: Juan, su ojo derecho, que recibió el título de duque de Gandía; César, a quien destinó para la vida religiosa (con sólo seis años de edad le hizo canónigo de la catedral de Valencia, rector de Gandía y archidiácono de Játiva, cargos todos con pingües beneficios); la dócil Lucrecia, a la que casó tres veces por intereses políticos, y Godofredo, el pequeño, bueno e insustancial. César no quería ser eclesiástico, pero de todas formas su padre le nombró obispo de Pamplona a los dieciséis años y cardenal a los dieciocho, haciendo nuevos alardes de nepotismo (de *nepoti*, sobrinos, que era como se denominaba por entonces a los hijos de los Papas y de los cardenales).

Para cuando Rodrigo fue elevado al papado en 1492 con el nombre de Alejandro VI, el valenciano tenía sesenta y un años, llevaba tres manteniendo como amante a la bella Julia Farnesio, de dieciocho, y era un hombre temido y poderoso. Compró su pontificado con prebendas, cosa que por otra parte era lo habitual. "Inmediatamente después de su elección, Alejandro VI repartió sus bienes entre los pobres", escribió un malévolo cronista coetáneo: y a continuación daba la lista de todos los cardenales que se habían beneficiado de sus "regalos". Toda esa podredumbre de la Iglesia católica provocaría poco después la ruptura regeneracionista de Lutero y Calvino.

De los Borgia existe una abundante documentación histórica, y la mayoría de las cosas que se dice sobre ellos son atrocidades. Hay que tener en cuenta que muchas de las fuentes contemporáneas están movidas por la enemistad y el interés, de modo que no resultan muy fiables. No obstante, es evidente que cometieron multitud de desmanes. Alejandro VI, por ejemplo, pidió ayuda al sultán turco contra el cristiano rey de Francia (todo esto en mitad de la época de las cruzadas) y éste le contestó que le daría 300.000 ducados si asesinaba a su hermano Djem, a quien el Papa mantenía como rehén (Djem murió poco después, al parecer envenenado por César). Rodrigo era un Pontífice implacable que vendía los cargos vaticanos para sacar dinero para sus guerras (en 1502 nombró a nueve cardenales a razón de 20.000 ducados por cabeza); que exigía a César que arrasara la ciudad de Bracciano "sin perdonar a mujeres ni niños"; y que escribía cartas tan chuscas como aquella en la que, devorado por los celos, amenazaba de excomunión a su amada Julia porque ésta se había ido de viaje con su marido. Además de recibir constantes críticas por su conducta indecorosa y sus orgías, el Papa fue acusado de cosas peores: de asesinar a los enemigos o de envenenar a los cardenales ricos y viejos para apropiarse de sus bienes.

En cuanto a César, la mayoría de las fuentes contemporáneas dan por seguro que él fue quien liquidó a su propio hermano, Juan, el duque de Gandía, por celos profesionales y fraternales. Además está demostrado que mandó asesinar al segundo marido de Lucrecia, y se le achacan por añadidura muchas otras muertes, tanto por su propia mano como por la de Michelotto, su verdugo a sueldo. El sucio e impenetrable río Tíber terminaba tragándose los cadáveres de sus víctimas.

El famoso veneno usado por los Borgia era la *cantarella*, una mezcla secreta de orines desecados, sales de cobre y arsénico. Dicen que esta ponzoña fue la que mató al propio Papa. Según confesó un criado que luego fue ajusticiado, Alejandro VI le había dado unos polvos para que los echara en el vino de un cardenal rico al que quería liquidar. Pero hubo algún error, y el Papa y César bebieron también del vino envenenado. César estuvo agonizante y Alejandro murió. Aunque también es posible que falleciera de la malaria o "mal aire" de Roma, que era una plaga endémica.

Pese a su mala fama, Lucrecia no parece tener ningún asesinato en su conciencia. En realidad fue una víctima, una mujer dulce y dócil atrapada entre dos energúmenos. Tenía unos ojos azules muy claros, casi desteñidos; carnosa de boca y de nariz, su rostro era muy semejante al de su padre, aunque estos rasgos, que quedaban bien en un varón, no la favorecían demasiado. Pero era una muchacha sensual y llena de vida, con una cabellera rubia espectacular y probablemente un *sex-appeal* notable. Estaba a punto de cumplir los trece años cuando su padre la casó con un Sforza. Es de suponer que para entonces ya no era virgen: las bacanales del Vaticano y los probables tratos incestuosos debieron de corromperla muy temprano. Sea como fuere, dicen que la casi niña Lucrecia divirtió en su boda a la concurrencia desnudando provocativamente al enano Mandrino, el bufón de su esposo.

La inestabilidad política hizo que poco después los Sforza se convirtieran en enemigos, y entonces el marido de Lucrecia, avisado por ella de que César planeaba matarle, huyó a sus posesiones fuera de Roma. Alejandro VI quería anular la boda y exigió al Sforza que declarara que no había consumado el matrimonio, a lo cual éste se negó, indignado, acusando al Papa de incesto con su hija. Pero al fin, y tras ocho meses de presiones, el ex marido claudicó. Llevaron a Lucrecia ante el tribunal de la Rota y los prelados la declararon *virgo intacta*. Como el ex marido había admitido la ausencia de relaciones, no fue necesario llevar a cabo engorrosas comprobaciones físicas. La anulación debió de producir un inmenso jolgorio en toda Roma, porque, para cuando fue certificada como virgen, Lucrecia lucía una hermosa panza de más de seis meses.

Se trata de una historia muy enigmática. Sola en Roma, Lucrecia quedó embarazada de alguien y dio a luz en 1498 al llamado *infante romano*, que fue legalizado en 1501 por Alejandro VI por medio de dos bulas secretas: en una de ellas se le reconocía como hijo de César Borgia y de una mujer no casada, y en otra como hijo del propio Papa. Poco antes del nacimiento de la criatura se rumoreó que el padre era el camarero preferido del Papa, un tal Perote, que apareció muerto en el Tíber con las manos atadas a la espalda, lo mismo que Pentesilea, la más fiel criada de Lucrecia (dos asesinatos más atribuidos a César). Pudo suceder así, efectivamente, pero el niño también pudo ser hijo de César o más bien del Papa, y el camarero preferido y la criada pudieron morir por saber demasiado. Lucrecia contaba por entonces diecisiete años; estaba en el esplendor de su belleza y se encontraba sola en el Vaticano, a merced de su padre y su hermano. Justamente en aquellos meses, tras haber sido abandonada por su esposo, Lucrecia hizo algo insólito: se internó en un convento de monjas en contra de la voluntad de su padre. En realidad Lucrecia se había fugado del Vaticano: la policía pontificia fue a buscarla una semana más tarde, y sólo el valor de la abadesa, que se negó a entregar a la muchacha, consiguió salvarla de regresar a casa. ¿De qué huía tan desesperadamente Lucrecia? Yo la imagino atrapada en el asfixiante, enloquecedor amor del incesto, a medio camino del éxtasis y de la muerte. Lucrecia pasó seis meses en el convento, y sólo salió de ahí para presentarse al tribunal de la Rota.

Dos meses después de dar a luz, Lucrecia es casada con Alfonso de Bisceglie, hijo natural del rey aragonés de Nápoles. Alfonso tenía diecisiete años y era considerado el joven más bello de Italia. Con él, Lucrecia conoció el amor adulto y se liberó del canibalismo emocional de su familia. Estaban muy enamorados y tuvieron un hijo al que nombraron Rodrigo, cómo no, en honor del abuelo. Fue un paréntesis de dicha que duró dos años: hasta que César ordenó asesinar a su cuñado. ¿Por razones políticas? Es posible, pero no suficiente. Sólo los celos amorosos le dan al crimen una causa creíble: César no debía de soportar que Lucrecia fuera tan feliz con otro.

El 15 de julio de 1500, Alfonso fue cosido a puñaladas y dejado por muerto. Pero era joven y fuerte, y se fue reponiendo poco a poco, custodiado en una de las habitaciones del Vaticano y atendido día y noche por Lucrecia y por la hermana del herido, Sancha, que le cocinaban allí mismo las comidas, en un infiernillo de campaña, para evitar que fuera envenenado. Un mes más tarde, Michelotto, el sicario de César, entró en la habitación del convaleciente con el pretexto de detener a un pariente de Alfonso. Sancha y Lucrecia, aterradas, se enfrentaron al verdugo. Michelotto les dijo que fueran a hablar con el Pontífice, y aseguró que él obedecería lo que Alejandro VI decidiese. Lucrecia y su cuñada corrieron a pedir clemencia al Papa: pero, en cuanto las jóvenes abandonaron la habitación, Michelotto estranguló al pobre Alfonso.

Lucrecia se sumió en el dolor más agudo, y el Pontífice, lejos de comprenderla, se irritó ante su pena (¿también él estaba celoso?): "Doña Lucrecia, prudente y generosa, había gozado hasta entonces de los favores del Papa, pero en la actualidad ya no la ama", escribió a la sazón el embajador veneciano. Tanto lloró Lucrecia que le permitieron marcharse de Roma, y la joven se encerró en su castillo de Nepi, en donde recubrió las paredes con lienzos negros y se vistió de luto riguroso. Hasta allí fue a verla el tenebroso César, dos meses más tarde: no era posible librarse del pasado, no había modo de huir del pegajoso, invasor y letal amor de la familia. Lucrecia recibió protocolariamente a su querido y odiado hermano, al asesino de su marido; a él y a sus hombres les sirvió en vajilla de plata, ella y su corte cenaron en vajilla de barro y ataviados de luto. César, que contaba veinticinco años y había sido muy hermoso, tenía ya el rostro desfigurado por las llagas purulentas de la sífilis. Debió de ser una cena tremenda.

Aún casaron a Lucrecia una vez más, en 1501, con Alfonso de Este, futuro duque de Ferrara. Al parecer ella estaba muy contenta con la boda, cosa que los historiadores no se explican, porque Ferrara era una corte cruel en la que los hermanos se dedicaban a sacarse los ojos los unos a los otros, y porque el áspero Alfonso había dejado bien claro que no apreciaba a su futura esposa lo más mínimo (el Papa tuvo que *comprar* el matrimonio por medio de una suculenta dote). Pero es evidente que Lucrecia sólo podía escapar del Vaticano (y de sí misma) casándose con alguien, y a ser posible con alguien que la llevara a vivir fuera de Roma.

En su nueva corte, Lucrecia se rodeó de poetas y músicos. Durante los diecisiete años que pasó en Ferrara se le atribuyeron un par de historias amorosas (tal vez platónicas, tal vez carnales), pero en general vivió una existencia sosegada y digna: asistía diariamente a misa y realizaba numerosas actividades caritativas. Murió en 1519, a los treinta y nueve años, tras dar a luz a su undécimo hijo; hacía una década que llevaba cilicio. Aunque estar lejos del Vaticano pareció ayudarle a serenar su vida, Lucrecia nunca olvidó a su padre y a su hermano. De modo que bautizó a dos de sus hijos con el nombre de Alejandro, e hizo todo lo posible por ayudar a César cuando éste cayó en desgracia y fue hecho prisionero por Fernando el Católico.

El Papa falleció en 1503; César murió en 1507, en España, en un combate solitario y suicida contra veinte enemigos. Lucrecia lloró a los dos hombres del mismo modo que años antes había llorado a su querido Alfonso de Bisceglie. César la había visitado un par de veces en su nueva corte, pero Lucrecia no había vuelto a ver a su padre desde el día que salió de Roma en dirección a Ferrara. En aquella ocasión, y mientras el cortejo se alejaba, el Pontífice había corrido desalado de una ventana a otra del Vaticano para despedirse de su hija. Pero cuentan que, aquel último día, Lucrecia Borgia no se volvió a mirarle.

Elisabeth de Austria (Sissi)
y el emperador Francisco José
La extraña mujer y el pobre maridito

El día 8 de junio de 1867, los emperadores de Austria fueron coronados en Buda como reyes de Hungría. Francisco José tenía treinta y seis años; Elizabeth, la famosa *Sissi* de la leyenda rosa, veintinueve. La ceremonia fue de un esplendor asiático; en el cortejo triunfal, aristócratas y arzobispos marchaban a caballo, envueltos en sedas color púrpura y con el pecho ardiendo de joyas deslumbrantes. Las cotas de malla eran de plata, así como los arreos de las cabalgaduras; los sables estaban engastados con rubíes y perlas. Algunos arrogantes nobles magiares llevaban pieles de leopardo o de oso sobre sus costosísimos ropajes, sombreros rematados con cuernos de búfalo y esmeraldas del tamaño de huevos de paloma en torno al cuello. En el banquete hubo tartas que reproducían en azúcar la figura del emperador; peces gigantescos que los lacayos traían sobre pértigas; bueyes que crepitaban sobre hogueras; cíngaros tocando sus febriles violines. Fue, en suma, una fiesta bárbara y refinada, salida de los abismos de la Europa central, de un mundo milenario que aspiraba a durar otro milenio.

Y, sin embargo, veintidós años más tarde se suicidó Rodolfo, el único hijo varón de los emperadores, el heredero; luego, en 1889, un anarquista medio loco mató estúpidamente a Elisabeth; en 1914, el archiduque Francisco Fernando, sobrino de Francisco José y aspirante al trono, fue asesinado en Sarajevo, dando comienzo así a la I Guerra Mundial; y, por último, en 1916 murió el anciano emperador, y Carlos I, su sucesor, no supo aguantar en el poder más de dos años. De modo que en 1918, apenas medio siglo después del fulgor y la pompa de la coronación de Hungría, se acabó para siempre el Imperio Austriaco, heredero del Sacro Imperio Romano Germánico, y con él se derrumbó estrepitosamente el viejo orden.

Pero entonces, en el momento de la coronación en Buda, los aristócratas preferían cerrar los ojos a los crecientes indicios del naufragio; o al menos eso prefirió la mayoría. Porque algunos de ellos fueron trágicamente conscientes de constituir un residuo obsoleto, y de estar viviendo en el brillo y la furia de las postrimerías. "La forma de Gobierno republicana es la única racional. No comprendo cómo aún nos aguantan los insensatos pueblos", dijo la reina Elisabeth de Rumania, contemporánea de Sissi y escritora de libros y novelas con el seudónimo de *Carmen Sylva*. Lo mismo opinaban la propia Sissi, emperatriz de Austria, y su hijo Rodolfo; y tal vez la amarga certidumbre de su inadecuación influyera en el suicidio del heredero en Mayerling (además de la bebida, la morfina, la depresión y las deudas).

Estamos hablando, claro está, de los monarcas del antiguo régimen, omnipotentes y antidemocráticos. Cuando Francisco José llegó al trono con dieciocho años, colocado ahí por su poderosísima madre, Sofía de Baviera, lo primero que hizo fue derogar la recién promulgada Constitución y ejecutar a unas cuantas decenas de opositores políticos. Todo esto sucedió en 1848, el año en que la revolución recorría Europa y Marx publicaba su *Manifiesto comunista*, una fecha sin duda de lo menos propicia para ser investido emperador. Sin embargo, y tras reprimir con mano dura a los subversivos, Francisco José y su muy reaccionaria madre creyeron que podrían reimplantar el absolutismo ultraconservador. Por entonces, Austria era una de las primeras potencias mundiales y el mayor Estado europeo después de Rusia. El imperio abarcaba territorios que hoy pertenecen a Italia, la República Checa, Eslovaquia, Hungría, Polonia, Rumania, Ucrania, Yugoslavia, Bosnia-Herzegovina y Croacia; y el emperador gobernaba esa enormidad sin Constitución y sin Parlamento.

Ésta es una historia de poder y de decadencia. El mito de Sissi basa gran parte de su atractivo en esa suntuosidad perdida para siempre, en el estruendo de palacios que se derrumban. Además del indecible boato de su coronación como reina de Hungría, en la vida de Sissi hay muchas otras escenas propias de cuento de hadas; como su boda suntuosa, a la luz de quince mil velas. O ese primer baile en la ciudad balneario de Ischl, cuando el emperador danzó con ella, demostrando que era la elegida de su corazón. Eso fue en 1853; Francisco José tenía veintidós años y era rubio, ojiazulado y retrechero, tan esbelto y elegante en su ceñido uniforme militar. Había venido a Ischl, dirigido por Sofía, su madre (Francisco José siempre fue un hombre débil), para pedir en matrimonio a su prima Nené, de dieciocho años. Pero cuando vio a la bellísima Elisabeth, hermana pequeña de Nené, se quedó prendado. Fue a ella a quien sacó a bailar, como en la noche mágica de la Cenicienta; y con ella se casó al año siguiente, esto es, en 1854.

En 1853, Sissi tenía quince años; era hija de la hermana de Sofía y de un duque de Baviera, Max, culto, liberal y muy extravagante. Por la familia discurría una evidente vena de locura; en los casos benignos la cosa quedaba en una mera rareza o chifladura; pero en ocasiones se daban demencias turbadoras y profundas, como sucedió con dos primos de Sissi, el rey Luis II de Baviera (el famoso *rey loco*) y su hermano Otón.

Elisabeth debió de ser rara desde pequeña. "Tiene tendencia a escrúpulos y preocupaciones", escribió su institutriz cuando la niña sólo contaba nueve años. Era una chica hipersensible y obsesiva. A los catorce años se enamoriscó de un joven conde que más tarde murió; y eso la hundió en una morbosa depresión. Cuando Francisco José la escogió como esposa, todos en su entorno parecían extrañamente preocupados por la resistencia psíquica de la muchacha. Con razón, porque Sissi se pasó todas las ceremonias de sus esponsales (los desfiles, y esa misa fastuosa a la luz de las velas) llorando a lágrima viva. El barón de Kübeck, uno de los invitados a la boda, escribió: "En el estrado (…) júbilo y una alegría llena de esperanza. Entre bastidores hay presagios muy, muy oscuros". Cuando menos, la futura emperatriz parecía inquietantemente ñoña y pusilánime.

Ya tenemos a la Reina-niña (sólo contaba dieciséis años) en el palacio de Laxemburg, atrancándose con el miriñaque en todos los dinteles y sollozando por todas las esquinas. Los primeros tiempos debieron de ser muy duros para ella: la corte vienesa era pomposa, estricta, ultraconservadora, jerarquizada y seca, muy distinta al ambiente informal, espontáneo y liberal del que Sissi venía. Para fomentar el respeto absoluto hacia el monarca, Sofía opinaba que Francisco José debía permanecer alejado de todo el mundo. El dócil emperador había sido educado así, en un completo aislamiento afectivo, y este mismo aislamiento era impuesto ahora sobre Elisabeth.

Además Sofía lo mangoneaba todo, desde la vida en común de la pareja hasta los hijos de Sissi, que empezaron a llegar inmediatamente: a los dos años de casada ya había sido madre de dos niñas, y estas princesitas habían sido prácticamente secuestradas por Sofía, que era quien se ocupaba de su educación. Sin duda desconfiaba de la capacidad de Elisabeth, que era demasiado joven, demasiado inestable y demasiado inculta (aunque escribía poemas y leía mucho, no le gustaba estudiar y no había sido educada en absoluto), pero en cualquier caso se trataba de una injerencia abusiva. Sissi se enfrentó a su suegra e intentó combatir su poder, pero tuvo mala suerte. Cuando, a los tres años de casada, se llevó a sus dos niñas, contra el parecer de Sofía, a un viaje a Hungría, la hija mayor, de dos años de edad, murió de una súbita enfermedad. Esta desgracia aterró y hundió a la frágil Elisabeth; a partir de entonces se desentendió por completo de sus hijos: de la otra niña, Gisela, y de Rodolfo, el heredero, que nacería poco después. Salvo una oportuna intervención para librar a Rodolfo de un preceptor demasiado duro, Elisabeth no volvió a hacerles ni caso en toda su vida.

Es muy fácil sentir compasión por la pobre Sissi de los primeros tiempos, tan sola y maltratada en la corte de Viena; pero poco a poco, año tras año, empieza a emerger el dibujo de una mujer narcisista y egocéntrica hasta el paroxismo. De una persona en realidad muy enferma. Al cabo, la compasión que se siente por ella nace de la comprensión de su patología: fue una mujer patética que construyó un infierno de su propia vida.

Como explican muy bien las psicoanalistas Ginette Raimbault y Caroline Eliacheff en su interesante libro *Las indomables*, Elisabeth era anoréxica (el psiquiatra Bruno Bettelheim dice que era "narcisista, histérica y anoréxica"). Desde luego cumplía todos los ritos de esa enfermedad: no comía absolutamente nada (sólo unos vasos de leche, o un helado, o seis naranjas al día), se mataba a ejercicios (montaba a caballo como una posesa durante diez horas seguidas, hacía gimnasia, caminaba cincuenta kilómetros a paso de marcha), se sometía a curas de sudor para adelgazar, se pesaba varias veces al día, no se sentaba nunca si podía evitarlo... Su peso no pasó de los cincuenta kilos, pero a menudo era mucho más bajo: en una ocasión llegó a los cuarenta y tres kilos. Muy poco, porque se trataba de una mujer muy alta: le sacaba un trecho al emperador, aunque en los cuadros y los retratos oficiales hacían que pareciera más baja que él. A su muerte, Sissi medía un metro y setenta y dos centímetros; teniendo en cuenta que las anoréxicas *se comen* su propia masa ósea y disminuyen la altura en un buen puñado de centímetros, de joven debía de estar cerca del metro ochenta. Y además su espléndida y espesa cabellera, que le llegaba hasta los tobillos y era el rasgo de belleza del que más se enorgullecía, debía de pesar al menos un par de kilos.

Fue, además, una anoréxica crónica, con todo lo que esto supone de empobrecimiento personal. Quiero decir que es una dolencia que suele implicar inteligencia, tendencias obsesivas y egocentrismo; pero ese egocentrismo, cuando se da en las adolescentes, resulta de algún modo comprensible, porque en la pubertad uno necesita contemplarse a sí mismo para poder reconocerse y construirse. Cuando se cronifica, sin embargo, ese egoísmo descomunal termina resultando monstruoso.

Y así, Elisabeth pareció estar incapacitada para ponerse en el lugar del otro, y eso llenó su vida de contradicciones. Por ejemplo, sin duda poseía una educación y un talante liberal, y estuvo apasionadamente a favor de los nacionalistas húngaros; pero se opuso con gran furor a los nacionalistas italianos porque su hermana era la Reina de Nápoles. Decía amar a los animales, y de hecho estaba rodeada de perros y pájaros; pero durante años se dedicó de manera febril a la caza del zorro, y en sus cartas describe alegremente cómo una raposa medio despedazada por los perros aguantó aún

202

corriendo cincuenta minutos en su desesperado intento por huir de la jauría (eso mejoró la caza de aquel día).

Y un ejemplo más: pese a ser supuestamente progresista y abierta de ideas, en 1869 escribió a su marido, que a la sazón estaba de viaje por Egipto, que no envidiaba al sultán "su colección de animales salvajes; lo que sí me gustaría tener es un negrito. Quizá como sorpresa me traerás uno. Como gracias anticipadas te beso mil veces". Y esto lo decía cuando la esclavitud ya era mundialmente repudiada: había sido prohibida en Inglaterra en 1807, en Estados Unidos en 1864. El emperador, que era hombre austero, no le trajo el negro; pero al fin Elisabeth consiguió que el sah de Persia le regalara uno. Se llamaba Rustimo y era feo y contrahecho. Al cabo de unos años se cansó de él y el pobre Rustimo murió en 1891 en un asilo para pobres.

En los primeros años de casada, Elisabeth parecía estar enamorada de Francisco José: lloraba a mares cuando tenían que separarse y le mandaba cartas apasionadas. Él, desde luego, la amaba locamente. La quiso con enorme generosidad durante toda su vida; aguantó todos sus desdenes y procuró complacer todos sus caprichos. Lo más conmovedor de Francisco José, lo que mejor supo hacer en su existencia, fue amar a su esposa. Por lo demás, era un hombre mediocre y un total reaccionario ("¡Nunca había habido en el mundo semejante bajeza ni tanta cobardía!", escribió, indignado, refiriéndose a las presiones de su pueblo para que instaurara un Parlamento); espartano y trabajador, fue un verdadero esclavo de su deber, y hubiera podido ser un estupendo rey-burócrata. Pero estaba empeñado en alcanzar la gloria militar y llevó a su país a la catástrofe. Elisabeth, inteligente y complicada, no tenía mucho que ver con ese hombre tan simple y circunspecto, incapaz de hablar con ella de Schopenhauer.

Sus relaciones íntimas debieron de acabar bastante pronto, entre otras cosas porque Sissi, como buena anoréxica, nunca fue una mujer muy sexualizada. Por eso es casi seguro que la emperatriz no mantuvo ninguna otra relación carnal, aunque amó a un par de hombres y tal vez a alguna mujer: le gustaba contemplar a las jóvenes hermosas. Francisco José, por su parte, tuvo un par de amantes estables. La segunda, la actriz Catalina Schratt, contó con el visto bueno de la propia Elisabeth, que se hizo pasar públicamente por amiga de Catalina para que el emperador pudiera verla sin que resultara escandaloso.

Como cuenta Brigitte Haman en su magnífica biografía sobre la emperatriz, la anorexia de Elisabeth había sido evidente desde el mismo momento de su boda. Mientras tanto, y como telón de fondo, se iba cumpliendo paso a paso la implacable decadencia de Austria. La boda de Francisco José y Elisabeth se produjo en mitad de la guerra de Crimea, en la que Austria se alineó con Prusia contra Rusia. En el 59, tras apenas tres años de tranquilidad, estalló la guerra contra Cerdeña y Francia, y Austria sufrió las sangrientas derrotas de Magenta y Solferino; esta última batalla fue tan feroz que el médico Henri Dunant, conmovido ante las dantescas condiciones de los heridos, creó la Cruz Roja.

Tras un humillante tratado de paz vino el conflicto de Schleswig-Holstein, de 1864, en el que Austria y Prusia combatieron contra Dinamarca; y, tan sólo dos años después, la guerra austro-prusiana y la monumental derrota del imperio en Königgrätz, la mayor batalla de la historia moderna (combatieron en ella 450.000 soldados), que supuso para Austria la pérdida definitiva de todo su poder y su futuro. Y aún falta por mencionar la ocupación armada, en el 78, de las provincias turcas de Bosnia y Herzegovina, y un sinfín de revueltas internas, levantamientos revolucionarios y luchas nacionalistas. Los soldados austriacos morían como corderos en los diversos frentes, y el pueblo se moría de hambre para pagar a los soldados. Parece increíble que un país pueda soportar en tan poco tiempo todas esas carnicerías, ese dolor y ese nivel de incompetencia en el Gobierno. Pues bien, en mitad de la atrocidad y el desconsuelo, de las mutilaciones y las hambrunas, Sissi se dedicaba a vivir única y exclusivamente para sí misma.

Embriagada de autoconmiseración, se negaba a cumplir ningún compromiso oficial; no veía a la corte, a la que detestaba; no salía; galopaba durante todo el día y se mataba de hambre. Francisco José, embarcado en las diversas guerras, se angustiaba ante las noticias que le llegaban de su mujer: "Te suplico, ángel mío, que procures cuidarte la salud (…) Te suplico, por el amor que me profesas, que procures contenerte y te dejes ver alguna vez en la ciudad. Visita instituciones, para que en la capital se mantenga el buen estado de ánimo", le escribía el desesperado emperador cuando la derrota de Solferino. Y ella seguía galopando, ayunando, autocompadeciéndose y haciendo gimnasia.

Salvo esporádicas atenciones a los enfermos en los hospitales de guerra, y unas cuantas visitas a asilos y manicomios en épocas de paz, Sissi jamás hizo nada ni mostró ningún interés por su maltratado pueblo; tampoco prestó ninguna atención a la política, salvo la obsesión prohúngara que le entró a mediados de los sesenta, y que sin duda estuvo fuertemente influida por su enamoramiento platónico por el conde Andrássy, un nacionalista magiar. Ésa fue la única vez que presionó y atormentó a su marido para que atendiera las reivindicaciones húngaras y creara el imperio bicéfalo austro-húngaro, lo cual supuso una gran injusticia para los eslavos, que constituían, con gran diferencia numérica, el pueblo mayoritario del imperio.

Esta obsesión prohúngara, que culminó en 1867 con la suntuosa ceremonia de coronación en Buda, formaba parte también de la desesperada búsqueda de Sissi de una identidad. Era tan lábil la emperatriz, y tan carente de un ser propio, que toda su vida se estuvo representando en diversos papeles. Y así, en los años sesenta de repente decidió ser húngara; aprendió el idioma, y sólo hablaba y escribía cartas en esa lengua. Por entonces, eran sus años de esplendor físico, su personalidad consistía mayormente en ser húngara y bella; estaba sumida en una absoluta y morbosa atención a su propio cuerpo, y pasaba el día cuidando su hermosura. Sólo peinar su larguísimo cabello llevaba tres horas al día; vestirse, otras tres horas. Además estaban los interminables ejercicios gimnásticos, las marchas, las clases de esgrima, los baños fríos y calientes, las largas cabalgadas, los masajes. Imponente narcisa como era, se bastaba con embelesarse a sí misma y no necesitaba ser contemplada por el mundo. Cualquier compromiso, por pequeño que fuera, que rompiera esa absorta atención que se dispensaba, era considerado un horror y un agravio. Y en esto se incluían sus dos hijos mayores. Mientras que el emperador procuraba estar con ellos entre guerra y guerra, y llevarlos al circo y a pasear, Sissi ni siquiera asistió a la primera comunión de Gisela.

Sin embargo, en 1868, tras la coronación en Hungría, Elisabeth tuvo a su cuarto y último hijo, una niña llamada María Valeria; y a esa criatura la quiso con un cariño tan obsesivo y asfixiante que la pequeña era conocida en la corte como la Única ("el excesivo amor de mamá pesa sobre mí como una carga insoportable", diría la espantada Valeria años más tarde). Con esa niña, Sissi se pudo vivir en la personalidad de madre amantísima.

A partir de los treinta y cinco años de edad, y ante los primeros y casi inapreciables síntomas de decadencia física (por entonces la hermosura de Sissi era una leyenda en toda Europa), la emperatriz empezó a hurtarse más y más de la mirada ajena. En primer lugar por pura misantropía, pero también por evitar la contemplación de los estragos del tiempo. No quiso dejarse retratar nunca más, y comenzó a llevar un espeso velo azul, una sombrilla blanca y un abanico de cuero con los que se tapaba el rostro en todas partes. También por entonces empezó su etapa caballista; siempre había montado muchísimo, pero ahora pareció enloquecer completamente por la caza del zorro y el salto de obstáculos.

Y así, durante casi diez años, se representó a sí misma en el papel de impecable jinete. La emperatriz, en compañía de un capitán inglés, Bay Middleton, del que estuvo sin duda platónicamente enamorada, se pasaba la vida yendo de una esquina a otra de Europa, arrastrando de acá para allá sus cuadras de carísimos caballos y un séquito de más de sesenta personas. Mientras sobre Austria se cebaban los conflictos y la miseria, y mientras su torpe maridito (así firmaba el pobre hombre sus cartas a Sissi: "Tu pequeño", "tu solitario maridito") se afanaba en Viena en salvar los restos del naufragio, Elisabeth llevaba una vida vana y rutilante con unos costes económicos fabulosos. En todos estos años tan sólo dejó una vez sus frenéticas cabalgadas por una razón de Estado: fue cuando Hungría sufrió unas terribles inundaciones. Puesto que se trataba de su amada Hungría, Sissi consintió en interrumpir la cacería en Inglaterra y regresar por unos días al Imperio: "Me parece mejor volver (…) es el mayor sacrificio que se puede pedir, pero en este caso es necesario", escribió, embargada de su propia magnanimidad.

De súbito, en torno a 1883, Sissi abandonó las locas galopadas: Middleton se casó, y ella tenía cuarenta y cinco años y empezaba a carecer de aguante para un deporte tan duro. Entonces comenzó la moda de las caminatas. Todos los días se hacía una marcha de ocho o diez horas de duración que dejaba a sus damas destrozadas. Ésa fue también la época griega: se construyó un palacio en Corfú, estudió el idioma, tradujo a esa lengua a Shakespeare y Schopenhauer, se hizo pasar por griega ante algunos viandantes (como antaño *era* húngara). Pero sobre todo fue su etapa de escritora. Sissi siempre había escrito versos, pero ahora lo hacía creyéndose una gran poeta. De hecho, en 1890 reunió dos volúmenes de sus obras, los metió en una caja y dispuso que en 1950 entregaran el cofre al presidente de la Confederación Helvética, cosa que se hizo, para que sus versos fueran publicados; y especificaba que los beneficios (evidentemente pensaba que los libros iban a ser un éxito) se destinaran a los hijos de los represaliados por el Imperio Austro-Húngaro. Pero los versos de Sissi no son más que la obra de una aficionada muy influida por Heine, a quien idolatraba: llegó a tener delirios en los que creía que Heine hablaba con ella o que venía a arrebatarle el alma.

Resulta patético constatar que el desorbitado amor que Elisabeth se tenía a sí misma sólo la condujo a la desesperación. A medida que iba envejeciendo (y que se rompía la magia de su hermosura) se iba convirtiendo en una persona más depresiva, más paranoica, más amargada, más angustiada, más enferma. La autocompasión aturdía su entendimiento; una de sus personalidades más estables fue la de víctima: "No me quedó más remedio que elegir esta vida [de ermitaña]", le dijo a una de sus damas de honor: "En el gran mundo me perseguían y hablaban mal de mí, me calumniaban y ofendían y herían de tal manera…".

Se veía a sí misma como un hada (el hada Titania), como una criatura maravillosa y especial aprisionada y maltratada por un mundo de miserables. "No debe Titania andar entre humanos / en un mundo donde no la comprenden. / Miles de papanatas la contemplan / y murmuran: '¡Mira, la loca, mira!'", dice uno de sus poemas. Pero lo cierto es que a los seis años de su matrimonio se liberó por completo de la corte (con la excusa de que estaba enferma empezó a viajar), y a partir de los diez años de casada hizo de su vida lo que le dio la gana. Toda esa libertad, sin embargo, no le sirvió de nada: estaba demasiado desquiciada, demasiado deshecha como persona. Perseguida por sí misma y por sus fantasmas (siempre temió acabar en un manicomio), la pobre y tristísima Sissi no paró de correr en toda su vida.

Porque si hay algo que define a esta mujer de personalidad resbaladiza es su carácter errante y fugitivo. Desde los veintidós años no dejó de moverse de una punta a otra de Europa. Apenas si pasaba quince días al año en Viena y nunca aparecía en público sin taparse la cara, cosa que dejaba turulatos a sus súbditos: en 1873 salió un artículo en la prensa vienesa titulado "Esa extraña mujer" que hablaba de ella. Toda Europa sabía de sus extravagancias, y tras el suicidio del príncipe heredero Rodolfo (1889), empezó a publicarse por todas partes que había enloquecido.

Por entonces la emperatriz estaba asumiendo su última personalidad, la de la dama dolorosa. A juzgar por su comportamiento y sus comentarios, el suicidio de ese hijo al que apenas si había tratado resultó devastador para ella, sobre todo porque aumentó la sospecha de su propia locura. A partir de entonces repartió sus joyas, vistió sólo de negro y habló a menudo de matarse. No comía absolutamente nada y estaba esquelética. Ahora le había dado por los barcos; se había tatuado un ancla en un hombro y se pasaba el día montada en un navío: "Quiero surcar los mares en barco como un holandés errante femenino hasta que un día me hunda y desaparezca". Esta nueva personalidad marina debía de parecerle hermosamente romántica; ordenaba que el barco se hiciera a la mar aun en las condiciones climatológicas más adversas, y en una ocasión se ató en cubierta durante una tempestad. Probablemente hubiera querido naufragar y tener una muerte épica; la suerte de la tripulación no entraba en sus reflexiones, porque se diría que siempre tendió a considerar al prójimo como un mero figurante de la tragedia central de su propia vida.

Y de hecho murió en barco, pero no en una espléndida nave ni en un mar bravío. Fue el 10 de septiembre de 1898 y en Ginebra. Elisabeth, acompañada tan sólo por una dama de honor, iba a coger el vapor que unía Ginebra con Montreaux, en donde estaba pasando unos días. En el embarcadero, Luis Lucheni, un tipo marginal y medio chiflado que se definía como *anarquista independiente*, la apuñaló en el pecho con un estilete. Sissi cayó al suelo, pero no se dio cuenta de que estaba herida. Aún se puso de pie, corrió cien metros hasta el muelle y entró en el barco, que desatracaba en esos momentos. Una vez en cubierta, se desplomó: el estilete había agujereado su corazón, aunque la herida era tan pequeña que apenas si sangraba. Por fortuna, Elisabeth ni siquiera advirtió que se moría. Fue un final dulce pero también simbólico, a manos de un patético anarquista de medio pelo y en el modesto vaporcito de línea de un plácido lago: la vida de Elisabeth siempre fue menos grandiosa que lo que ella pretendió. Mientras tanto, los viejos imperios se deshacían en el polvo sin ninguna nobleza, y a la vuelta de la esquina se asomaba el doloroso y confuso siglo XX.

Epílogo
Y, al final, la felicidad

Vistas desde cerca, la mayoría de las historias de amor más conocidas son atroces: o ésa es al menos la impresión que he sacado tras haberme pasado varios meses estudiando la vida subterránea de unas cuantas parejas. Puesto que la pasión es un espejismo, resulta coherente que siempre nos parezcan más intensas, más bellas y mejores las relaciones de los otros, antes que los amores propios; y es que de estos últimos conocemos la aspereza de lo real, mientras que la pasión ajena puede mantener intacto el embeleco. Pero cuando aproximamos el microscopio enseguida aparece, como en la gota de agua, un raro hervor de monstruos.

Y, así, entre las pasiones que recoge este libro hay algunas especialmente aterradoras: como la de Modigliani con Jeanne, o la de Rimbaud y Verlaine. Y otras especialmente absurdas: como la de Larra y Dolores Armijo. Por cierto que, tras la publicación del capítulo de Larra en *El País Semanal*, varios lectores me escribieron (muchas gracias) dándome noticias sobre Dolores, de quien yo decía que no se había vuelto a preocupar nadie tras el suicidio de Fígaro. Manuel Ruiz Marcote cita un texto de 1964 de Carlos Seco Serrano en el que se dice que Dolores viajó hacia Manila para reunirse con su marido y que pereció de camino en un naufragio; pero Ortiz Armengol me ha enviado un libro que él ha escrito, una documentadísima novela histórica sobre Dolores Armijo, en el que queda claro que embarcó hacia Manila dos meses después de que Larra se volara la cabeza; que no naufragó, sino que se reunió en Filipinas con su marido, el teniente coronel Cambronero, allí destinado; y que vivió con él en paz durante tres años, hasta que Cambronero murió de fiebres en 1840. Y a partir de ahí desaparece el rastro de la mujer.

Sea como fuere, en toda historia de amor, incluso en la más lograda y más feliz, siempre hay un ingrediente de tristeza, el presentimiento inexorable de la pérdida: porque todos sabemos que esa abundancia se acabará algún día. Probablemente la vida nunca parezca tan efímera como en la melancolía de un amor que termina. Me viene ahora a la cabeza un amor especialmente crepuscular: el de Lope de Vega por Marta de Nevares, bellamente descrito en un trabajo de Antonio Villacorta en *Historia 16*.

Mujeriego, vitalista y ya maduro, Lope se hizo sacerdote en 1614, tras la muerte de su mujer legítima y de un hijo; pero su ordenación no le impidió seguir viviendo pasiones desenfrenadas y muy carnales. En 1617 se enamoró locamente de Marta de Nevares: él tenía cincuenta y cuatro años, ella veintiséis. La hermosa Marta poseía unos ojos verdes espectaculares; era culta, inteligente, sabía música, escribía poemas y estaba casada con un tal Roque Hernández. Era una mujer decente, pero perdió la cabeza por Lope y le entregó su vida. "Por acá nos amamos a lo burdo", escribe el sensual Lope al duque de Sessa, "porque dicen las mujeres que en los brazos lo grosero es lo mejor". Y también: "Hace piernas Amarilis [Marta], y bien hace, pues que las tiene tan lindas, con dos partes para mi condición notables, que es poca carne y bien puesta". En la gloria de la piel, el cuerpo es un festín.

De los amores de ambos nació una niña, que Roque, el marido, reconoció como propia; pero al poco se dio cuenta de la situación y abandonó a Marta. Desde 1621, Lope y ella vivieron juntos, apasionados y felices. Pero a partir de 1627, los bellos ojos verdes de Marta se fueron apagando poco a poco: se estaba quedando ciega y además sufría extrañas locuras y delirios. Lope, tras probar el paraíso, descendió a los infiernos: "Ojos, si vi por vos la luz del cielo / ¿qué cosa veré ya sin vuestra vista? / o, ¿cómo el alma admitirá consuelo / que la violencia del dolor resista?". Marta murió al fin en 1632, ciega y demente, a los cuarenta y dos años. Para Lope, que tenía setenta, la vida se había acabado: "Permíteme callar sólo un momento / que ya no tienen lágrimas mis ojos / ni conceptos de amor mi pensamiento".

Dada la naturaleza fugitiva del amor, suele admirarnos la perseverancia y la lealtad, el amante que se empeña en amar hasta las últimas consecuencias. Como Clara Petacci, la amiga de Mussolini: "¿Estás contento de que te haya seguido hasta el final?", le preguntó instantes antes de caer abatida, junto a él, por las ráfagas de ametralladora de sus verdugos.

Mussolini conoció a la bella Claretta en 1932, cuando él tenía cuarenta y nueve años y era el despótico y poderosísimo Duce, y ella era una jovencita fascista apenas veinteañera, tan elemental en su admiración al líder como la fanática seguidora de un conjunto de rock. El Duce estaba casado, y, aunque convivió abiertamente con Clara desde 1936 hasta 1945, nunca dejó a su esposa. Además parece ser que, en los últimos años, Mussolini se hartó de la arrebatada y celosa pasión de la muchacha. En los momentos finales de 1945, cuando el Duce intentaba huir de Italia en la desbandada de la derrota, escribió una carta de despedida a su esposa, Rachele, en la que le decía: "Que sepas que, pese a todo, eres la única mujer que he amado verdaderamente". Pero no fue Rachele, sino la pobre Clara, quien atravesó medio país, disfrazada de soldado alemán, para unirse con él en la desgracia. Abundan los amores desiguales; o tal vez incluso cabría decir que siempre son desiguales, que en toda pasión hay uno que ama más. Pero en este caso, cuando menos, la Petacci consiguió cierta recompensa por su total entrega: ¿quién se acuerda de Rachele, la mujer de Mussolini? Es Clara quien ha entrado en la historia junto al Duce.

Cuando el desequilibrio entre los amantes es muy grande, entramos en el terreno de lo enfermizo. Toda pasión tiene algo morboso: es una alienación, una entrega obsesiva de tu vida al amado. Pero a veces esa entrega cruza todos los límites, y entonces se convierte en pura patología. O quizá sea al revés: quizá haya gente estructuralmente patológica que canaliza su inestabilidad a través de la pasión. Y así, amar, para ellos, no sería un delirio muy distinto a cualquier otro: escuchar voces, creerse Napoleón, imaginar conspiraciones disparatadas.

Éste parece ser el caso, por ejemplo, de Delfina Molina, una poeta argentina que se empeñó en amar al serio y atormentado Miguel de Unamuno contra la voluntad e incluso la presencia de él, como cuenta María de las Nieves Pinillos en un interesantísimo trabajo biográfico sobre Delfina. La poeta argentina era una mujer culta y sensible; fue catedrática de Física y Química, publicó varios libros y poseía una prosa epistolar notable, pero padecía un trágico desequilibrio emocional. Empezó a escribir a Unamuno, a quien no conocía, en 1907, cuando el profesor español tenía cuarenta y tres años y ella, casada y con tres hijos, veintiocho. Unamuno dejó de contestarla en 1914, cuando ella le declaró su amor más frenético, pero aun así Delfina le siguió escribiendo durante veintidós años más, es decir, hasta la muerte del español: ciento sesenta cartas en total, patéticos textos de locura amorosa.

Más común que esta obsesión unidireccional es el extremo contrario, esto es, el donjuanismo. Hay infinidad de hombres y mujeres que están enamorados del amor y que repiten una y otra vez la misma pasión sobre seres distintos, cambiando en cada ocasión el objeto amado pero no el sentimiento, que siempre es idéntico, absoluto, inocente, puesto que la pasión no madura jamás y jamás aprende. Así sucedió en la vida de Edith Piaf, por citar un caso memorable. Alcoholizada, morfinómana y frágil hasta lo indescriptible, la conmovedora cantante francesa amó una y otra vez como quien se estrella contra un muro: Charles Aznavour, Ives Montand, Georges Moustaki están entre sus amados más famosos. A los cuarenta y siete años, marchita y extraña como un gnomo, moribunda (sólo duraría unos meses más), aún volvió a apostar por un nuevo hombre y se casó con Theo Sarapo, veinte años más joven que ella.

Quisiera terminar este libro con dos historias de amor especialmente hermosas, una triste y otra razonablemente feliz. La triste la cuenta la historiadora María Luisa Candau Chacón en un trabajo espléndido sobre las monjas de clausura. En el siglo XVII, en España, se le abrió un expediente a un cura de Carmona, don Juan Agustín de la Barrera, por perseguir durante nada menos que dieciocho años a una monja de clausura, doña Catalina de Párraga. Según el sumario del caso, la familia de Catalina la había encerrado de por vida en la clausura sólo por querer casarse con Juan Agustín, una brutalidad muy común por entonces: si la niña era tan díscola como para empeñarse en amar a un pretendiente de inferior condición, el problema se resolvía metiéndola monja.

Tanto quería Juan Agustín a su bella que, cuando la enterraron en el convento, él también renunció al mundo y se hizo cura. Pero no se resignó a perder a su amada.

Al principio Catalina y Juan Agustín se veían a través de las rejas del coro, en el torno y en el locutorio, pero la pasión verbal que demostraban era tal que a la pobre Catalina le prohibieron acceder a esos lugares. Entonces empezaron a hablarse a la hora de la siesta, "por unas ventanas del dormitorio alto (…) y muchas veces estaba la susodicha en las ventanas y él desde la torre de la iglesia mayor, que está cercana (…) y se hacían señas con tal desorden que seglares y religiosas se escandalizaban". Las monjas cerraron con llave la puerta del dormitorio para impedirle el paso a Catalina, pero entonces los amantes abrieron un agujero en una pared que daba a una calleja y se comunicaban a través del boquete "a deshoras de la noche". Descubierto el hueco, las monjas lo tapiaron; ante lo cual Catalina empezó a descolgarse, de madrugada, desde una ventana alta que daba a un patio, y allí, a través de un caño, hablaba con su amado. También esa ventana fue provista de reja, y el caño cegado; pero, temerosas las monjas de una nueva añagaza, denunciaron al cura, que fue expedientado y por último desterrado de la ciudad, acabando así con esta historia cruel. Aunque quizá, quién sabe, lo extremado del caso, pese a todo el dolor y la injusticia, les permitió vivir un amor absoluto y siempre intacto, libre del cáustico roce con la realidad.

Pero la historia más fascinante y emblemática es la de la marquesa Du Châtelet, Émilie, famosa filósofa y escritora francesa del siglo XVIII y amante de Voltaire durante quince años. Hija de un barón, Émilie se casó a los diecinueve años con el marqués Du Châtelet en una boda de conveniencia, como por entonces se estilaba. Había sido una niña prodigio con una fulgurante mente matemática; estudió griego, latín, geometría, física. Alta y delgada, con los ojos verdes, amante de los perifollos y las ropas bonitas, no era una belleza, pero debía de resultar muy atractiva. Era una mujer tremendamente apasionada, un verdadero incendio de persona; estaba obsesionada por el estudio, al que dedicaba una infinidad de horas cada día, pero al mismo tiempo poseía un corazón hambriento de emociones y fácilmente calcinable.

A los dos o tres años de su boda, su marido y ella comenzaron a vivir cada uno por su lado: un arreglo cordial muy del siglo XVIII. Ella se enamoró de un bello duque y se intentó suicidar por él con una sobredosis de opio: siempre fue una mujer que jugó fuerte. A los veintiocho años, repuesta de aquel dolor, comenzó sus relaciones con Voltaire, que por entonces era ya un escritor famoso. Voltaire tenía treinta y ocho años y era un tipo esquelético de ojos chispeantes y expresión de sátiro, un librepensador conflictivo por su constante lucha contra la injusticia y la opresión, un hombre con ciertos problemas de impotencia sexual (lo confesó él mismo) pero arrebatador por su inteligencia. Émilie, que tuvo que soportar todo el desprecio que *la mujer sabia* provocaba en la época (Luis XV la llamaba desdeñosamente *la Virago*), encontró en Voltaire un absoluto respeto intelectual.

Durante diez años vivieron juntos en el castillo de Cirey, propiedad de Émilie, estudiando, trabajando, escribiendo codo con codo sus respectivas obras (la marquesa fue la traductora y divulgadora de Newton en Europa). Esos años en Cirey fueron un regalo de la existencia.

Luego, claro, las cosas decayeron, como siempre sucede. Voltaire no dejó de quererla, pero sí de amarla; y sus problemas sexuales aumentaron. La marquesa tuvo que aceptar, en una lenta agonía que duró varios años, el progresivo enfriamiento de él. Al cabo, cuando consiguió digerir el fin de la pasión, Émilie escribió su obra fundamental, el *Discurso sobre la felicidad*, un bello y sabio texto sobre el amor y el desamor; y sobre la necesidad de mantenerte sereno y centrado en ti mismo para ser feliz. No se sabe muy bien cuándo escribió Émilie su *Discurso* (¿tal vez en 1747?), pero muy poco después de haber demostrado toda esa sensatez y ese equilibrio, la marquesa lo arrojó todo por la borda enamorándose perdidamente de un imbécil, Saint-Lambert, un poeta mediocre, guapo y veinteañero. Todo empezó de nuevo para la marquesa, que por entonces tenía cuarenta y un años: la enajenación amorosa, la debilidad y el paroxismo. Y así, la lúcida Émilie empezó a comportarse como una boba, porque el enamorado siempre ofrece a su amante, en la pasión, el sacrificio de su propia inteligencia. Sin embargo, este cataclismo duró poco: Émilie, embarazada de Saint-Lambert, dio a luz en septiembre de 1749, y murió seis días después de fiebres puerperales. Tenía cuarenta y dos años; a su entierro acudieron, unidos por el dolor, el desconsolado Voltaire, el frívolo Saint-Lambert y el afable marido de la marquesa.

Nada mejor, para terminar esta serie, que el *Discurso sobre la felicidad* de Madame du Châtelet, el más bello y conmovedor de los numerosos discursos sobre la felicidad que se escribieron en el siglo XVIII. Porque en ese siglo se consolidó el individualismo moderno, y, con él, la ambición personal de ser felices. "No puedo creer que haya nacido para ser desdichada", dijo Émilie. El mundo ya no era un valle de lágrimas, y, en la búsqueda privada de la felicidad, la pasión amorosa adquirió un papel preponderante. Sin embargo, ¿no sostienen diversas teorías, desde el estoicismo al budismo, que, para soslayar el sufrimiento de la vida, el ser humano debe reducir al mínimo sus aspiraciones? Si no esperas nada, si no deseas nada, si no ambicionas nada, no hay frustración. A la luz de este razonamiento desolador pero sensato, me pregunto si, al descubrir en el siglo XVIII el moderno concepto de la felicidad y de la pasión, los humanos no descubrimos también nuestra mayor desgracia.

Bibliografía

Introducción

ANDERSON, BONNIE, y ZINSSER, JUDITH P., *Historia de las mujeres*, Editorial Crítica.

COTTERELL, ARTHUR, *Enciclopedia ilustrada de mitos y leyendas*, Debate/Ediciones del Prado.

CHEVALIER, JEAN, y GHEERBRANT, ALAIN, *Diccionario de los símbolos*, Ed. Herder.

FINKIELKRAUT, ALAIN, *El nuevo desorden amoroso*, Anagrama.

GIRARD, RENÉ, *Mentira romántica y verdad novelesca*, Anagrama.

GRAVES, ROBERT, *Los mitos griegos*, Alianza Editorial.

HOMERO, *La Ilíada*, Gredos.

HUIZINGA, JOHAN, *El otoño de la Edad Media*, Alianza Editorial.

KAFKA, FRANZ, *Cartas a Felice*, Alianza Tres.

PLUTARCO, *Vidas paralelas*, Clásicos Planeta.

ROUGEMONT, DENIS DE, *El amor y Occidente*, Kairós.

TROYES, CHRÉTIEN DE, *Lanzarote del Lago*, introducción de Carlos García Gual, Editorial Labor.

Los duques de Windsor

BUCKLE, RICHARD, *The Selected Diaries of Cecil Beaton*,
Pimlico, Londres.
GRIFFITH, ALINE, condesa de Romanones,
La espía que vestía de rojo, Plaza y Janés.
HIGHAM, CHARLES, *Wallis, Secret Lives of the Duchess
of Windsor*, Pan Books, Londres.

León Tolstói

CALDER, ANGUS, *Russia Discovered*,
Heinemann Books.
CAVALLARI, ALBERTO, *La fuga de Tolstói*, Península.
SHIRER, WILLIAM L., *Amor y Odio*,
Anaya & Mario Muchnik.
TOLSTÓI, LEÓN, *Cartas*, Libro Amigo, Bruguera.

Juana la Loca y Felipe el Hermoso

FERNÁNDEZ ÁLVAREZ, MANUEL, *Juana la Loca*,
La Olmeda/Diputación Provincial de Palencia.
FISAS, CARLOS, *Historia de las reinas de España*,
Casa de Austria, Planeta.
PRAWDIN, MICHAEL, *Juana la Loca*,
Editorial Juventud.
VILADOT, GUILLEM, *Juana la Loca*, Salvat.

Oscar Wilde

ELLMANN, RICHARD, *Oscar Wilde*, Edhasa.
GARDINER, JULIET, *Oscar Wilde, Cartas Ilustradas*,
Odín ediciones.

WILDE, OSCAR, *De profundis*, M. E. Editores.
— *La balada de la cárcel de Reading*,
Universitas Editorial.
Procesos contra Oscar Wilde, Los,
El Club Diógenes/ Valdemar.

LIZ TAYLOR Y RICHARD BURTON

BRAGG, MELVYN, *La vida de Richard Burton*,
Plaza y Janés.
HEYMANN, DAVID, *Liz Taylor, una biografía íntima*,
Ediciones B.
SPOTO, DONALD, *Elizabeth Taylor*, Warner Books.

EVITA Y JUAN PERÓN

BARNES, JOHN, *Evita, la biografía*, Thassalia.
BRUCE, GEORGES, *Eva Duarte*, Salvat.
FRASER, NICHOLAS, y NAVARRO, MARYSA,
The real life of Eva Perón, Norton & Company.
MARTÍNEZ, NELSON, *Juan Domingo Perón*,
Historia 16.
MARTÍNEZ, TOMÁS ELOY, *Santa Evita*, Seix Barral.
— *La novela de Perón*, Planeta/Biblioteca del Sur.
— *Las memorias del general*, Planeta/Espejo de la
Argentina.
PERÓN, EVA, *Con mis propias palabras*,
introducción de Joseph Page, Grijalbo.

ROBERT LOUIS STEVENSON

BELL, IAN, *Dreams of exile. Robert Louis Stevenson:
A biography*, Henry Holt.

LAPIERRE, ALEXANDRA, *Fanny Stevenson,*
entre la pasión y la libertad, Plaza y Janés.
NOBLE, ANDREW, *Robert Louis Stevenson,*
Barnes & Nobles.

RIMBAUD Y VERLAINE

BUENAVENTURA, RAMÓN, *A. Rimbaud,*
esbozo biográfico, Hiperión
RIMBAUD, *Obras completas*, Visor.
— *Una temporada en el infierno*, edición
de Carlos Barbáchano, Montesinos.
STARKIE, ENID, *Rimbaud*, Siruela.
VERLAINE, PAUL, *Poesía*, edición
de Carlos Pujol, Trieste.

CLEOPATRA Y MARCO ANTONIO

HAGGARD, H. RIDER, *Cleopatra*, Ediciones Obelisco.
MOIX, TERENCI, *El sueño de Alejandría*, Planeta.
PLUTARCO, *Vidas paralelas,*
Clásicos Universales Planeta.
WERTHEIMER, OSCAR VON, *Cleopatra,*
Editorial Juventud.

DASHIELL HAMMETT Y LILLIAN HELMANN

HELLMAN, LILLIAN, *Mujer inacabada*, Argos Vergara.
— *Pentimento*, Argos Vergara.
JOHNSON, DIANE, *Dashiell Hammett,*
a life, Fawcett Columbine.

MELLEN, JOAN, *Hellman and Hammett*,
Harper Collins.

LA MALINCHE Y HERNÁN CORTÉS

DÍAZ DEL CASTILLO, BERNAL, *Historia verdadera de la conquista de la Nueva España*, edición crítica de Sáenz de Santa María, CSIC.
LUCENA, MANUEL, *Hernán Cortés*,
Biblioteca Iberoamericana.
MADARIAGA, SALVADOR DE, *Hernán Cortés*,
Austral/ Espasa Calpe.
MARTÍNEZ, JOSÉ LUIS, *Hernán Cortés*,
Fondo de Cultura Económica.
SÁNCHEZ-BARBA, MARIO, *Hernán Cortés*,
Historia 16/Quorum.

LA REINA VICTORIA DE INGLATERRA Y EL PRÍNCIPE ALBERTO

HOUGH, RICHARD, *Victoria and Albert*,
Richard Cohen Books.
ST. AUBYN, G., *Queen Victoria*, Collins.
STRACHEY, LYTTON, *La reina Victoria*, Valdemar.

JOHN LENNON Y YOKO ONO

GOLDMAN, ALBERT, *Las vidas de John Lennon*,
Plaza y Janés.
JULIÁ, IGNACIO, *John Lennon*, La Máscara.
ONO, YOKO; SLADE, ROY, y HENDRICKS, JON,
Yoko Ono, The Bronze Age,
Cranbrook Academy of Art Museum.

SIERRA I FABRA, JORDI, *John Lennon*, Antártida.
WIENER, JON, *Come together (John Lennon in his time)*,
University of Illinois Press.

MARIANO JOSÉ DE LARRA Y DOLORES ARMIJO

Diccionario de Autores, Enciclopedia Bompiani.
FERRERES, RAFAEL (ensayo de), *Artículos de Larra*,
Clásicos Hispánicos Noguer.
IGLESIAS FEIJOO, LUIS (ensayo de),
Obras completas de Larra, Biblioteca Castro.
SECO SERRANO, CARLOS (ensayo de),
Artículos de Larra, Biblioteca Básica Salvat.
UMBRAL, FRANCISCO, *Larra,*
anatomía de un dandy, Alfaguara.

LEWIS CARROLL Y ALICE LIDDELL

BAKEWELL, MICHAEL, *Lewis Carroll, a biography*,
Heinemann.
CARROLL, LEWIS, *El paraguas de la rectoría*,
Ediciones del Cotal.
GARDNER, MARTIN, edición de, *Alicia anotada*, Akal.
PARISOT, HENRI, *Lewis Carroll*, Kairós.

AMEDEO MODIGLIANI Y JEANNE HÉBUTERNE

AUGIAS, CORRADO, *I segretti di Parigi*, Mondadori.
CASEY, MICHAEL, *Precious Little shame*, Yliopisto
(Universidad de Helsinki).
CHAPLIN, PATRICE, *Jeanne Hébuterne y Modigliani,*
un amor trágico, Salvat.

LOS BORGIA

APOLLINAIRE, GUILLAUME,
La Roma de los Borgia, Valdemar.
BOOKWORM, ROBERTA,
Galería sexual, retratos femeninos, Cirene.
GERVASO, ROBERTO, *Los Borgia*, Atalaya/Península.
ROBICHON, JACQUES, *Los Borgia*,
la trinidad maldita, Edaf.

ELISABETH DE AUSTRIA (SISSI)
Y EL EMPERADOR FRANCISCO JOSÉ

HAMAN, BRIGITTE, *Elisabeth de Austria*,
Editorial Juventud.
CONTE CORTI, EGON CAESAR,
Elisabeth, la emperatriz enigmática, Editorial Iberia.
CASO, ÁNGELES, *Elisabeth de Austria-Hungría*,
Álbum Privado, Planeta.
— *Elisabeth, emperatriz de Austria-Hungría*, Planeta.
BETTELHEIM, BRUNO, *El peso de una vida*,
Editorial Crítica.

EPÍLOGO

BADINTER, ELIZABETH, *Émilie, Émilie*, Flammarion.
BERTEAUT, SIMONE, *Piaf*, Editions Robert Laffont.
CANDAU CHACÓN, MARÍA LUISA,
La monja de clausura, Historia 16,
noviembre de 1997.

CHÂTELET, MME. DU, *Discours sur le Bonheur*,
Robert Mauzi–Société d'Édition "Les belles lettres".
GÓMEZ ORTIZ, JUAN MARÍA, *Mussolini*,
Cortesanas y Favoritas, Historia y Vida, 1968.
ORTIZ ARMENGOL, PEDRO, *Dolores Armijo:
historias viejas de Manila*, Ediciones Otero.
PINILLOS, MARÍA DE LAS NIEVES, *Delfina,
la enamorada de Unamuno*, Laberinto Ed.
VOLTAIRE, *The portable Voltaire*, Penguin Books.
VILLACORTA BAÑOS, ANTONIO, *Lope de Vega*,
Historia 16, abril de 1997.

Otros títulos publicados en Punto de Lectura

Mira por dónde
Fernando Savater

Agrupémonos todas
Isaías Lafuente

El eco de las bodas
Luis Mateo Díez

Ante el dolor de los demás
Susan Sontag

Nos espera la noche
Laura Espido Freire

El azul de la Virgen
Tracy Chevalier

No somos nadie
Pablo Motos

El enterrador de muñecas
Petra Hammesfahr